밤의 공항에서

밤의 공항에서

최
갑
수

에
세
이

bodabooks

차례

제1장 아름다움이 없는 일은 하고 싶지 않아

12   아름다운 것들은 대부분 외롭고
14   다들 외롭잖아. 안 그런 척할 뿐이지
18   상처는 만들지 않을 수 있다면 만들지 않아야 합니다
22   우리 생을 더 빛나게 하는 건 사랑보다는 휴일
27   "괜찮아"하고 말해 주었으면 좋겠습니다
28   인생은 나쁘고 가끔 좋을 뿐입니다
32   우리는 고독하면서도 개별적인 선인장
35   아름다움이 없는 일은 하고 싶지 않아
38   우리가 사랑하는 것이 우리를 사랑할 것입니다
42   괜찮으니까, 괜찮을 거야

제2장 당신이 아니면 사랑은 사랑이 아니라서

46   우리는 언제나 떠나려 하고 있었다
49   하루에 하루씩 하루만큼 사라져 가는
52   내 속에 얼마나 많은 사랑이 있고 행복이 있는지
56   사랑하도록 합시다
59   달립니다, 가랑비
60   그런 거죠, 네, 그런 겁니다
62   배를 띄운 밤바다같이 달을 내건 밤하늘같이
65   조금 더 안고 있도록 합시다

66 이게 사랑일까

68 별빛 하나로도 생을 건너가는 사람이 있답니다

72 당신이 아니면 사랑은 사랑이 아니라서

76 그렇게 살아갈 것

80 우리가 기억할 만한 건 꽃 한 다발의 일일 뿐일지도

84 당신은 좋은 사람입니다

86 이별에 관하여

89 우린 의외로 쉽게 잊혀진다

제3장 뜻대로 된다면 인생이 아니겠죠

94 약간의 각오와 약간의 여유 그리고 즐겨 보자는 마음가짐

98 죽기 살기로 덤빌 필요가 없으니까요

102 일단 눈 앞의 일에 집중하자고요

106 잘 살고 있지?

109 기계처럼 쓰는 사람을 작가라고 부릅니다

114 중요한 것은 멈추지 않는 것이죠

118 우리가 지금 살고 있는 시간은 우리가 이미 보냈던 시간들이다

122 에스프레소는 에스프레소 잔에

125 돈을 벌면 기분이 좋잖아요

129 비난하는 사람은 늘 있게 마련입니다

132 하나를 준다고 하나를 얻는 건 아니더라고요

134 그때 거절했더라면 불면의 밤을 보내지 않아도 되었을 텐데

138 비관이라는 현미경, 낙관이라는 망원경

142 먹기 좋은 온도

145 단순한 것이 아름답다

148 북극곰은 북극곰의 인생을, 얼룩말은 얼룩말의 인생을

152 뜻대로 된다면 인생이 아니겠죠

156 맛없는 음식을 먹기엔 아까운 것이 인생이지

제4장 절망보다는 포트와인, 사랑보다는 에그 타르트

162 어딘가에는 반드시 무언가가 있다

166 각자의 인생에는 각자에게 일어날 만한 일만 일어난다

170 쉬는 이유

176 저지르고 생각합니다

180 포기할 땐 쿨하게, 멋있잖아요

184 여행이 아니었다면 나는 이 세계를

188 절망보다는 포트와인, 사랑보다는 에그 타르트

192 케언스, 그 해 여름

202 그러니까 우리는 조금 더 행복해졌습니다

214 여행을 왔기 때문에 여행하고 있는 것이에요

224 어찌 모든 인생을 걸고 사랑하지 않을 수 있을까

234 오늘이 나쁘다고 내일까지 나쁘라는 법은 없어

238 그러니 계속 걸어가렴

241 목련의 시간

242 혹등고래의 캔맥주 따개 꼬리

244 인생이 팩트로만 이뤄진 건 아니죠

제5장 모든 꽃들이 시들고 모든 풍경이 사라져도

251 나만 생각할 것

252 지금 사랑해야지. 우린 점점 사라지고 있으니까

256 바간에서

260 조금 더 낙관적이 되었고 조금 더 사랑하게 되었습니다

264 밤의 공항에서

268 모든 꽃들이 시들고 모든 풍경이 사라져도

272 사랑같은 건 없어도 되고

276 우리는 사랑했고 더 깊은 눈동자를 가지게 되었습니다

280 잠든 당신의 등에 귀를 댄 적이 있다

286 당신의 솔을 따라

290 나는 더 많이 여행할 것이고 나는 더 오래 외로울 것이다

294 사랑은 떠나고 여행만이 남았으니

298 사랑을 잊고 생과는 무관하게

300 변한 건 아무것도 없다. 아니, 모든 것이 변했다

304 나는 여행했고 당신은 아름다웠다

309 에필로그

"새로운 기억을 시작하기에
공항만한 곳이 또 있을까."

제1장

아름다움이 없는 일은 하고 싶지 않아

아름다운 것들은
대부분 외롭고

매일매일 책을 읽고 글을 쓰고 음악을 듣는다.
그것은 무언가로부터 나를 지키는 일이다.
그것은 깊은 먹구름 같은 것이기도 하고
눈 앞을 달리는 가랑비 같은 것이기도 하다.
나는 때로 아무도 들어 주지 않는 고백이다.

나는 웅크린 자세로 견딘다.
책을 읽고 글을 쓰고 음악을 들으며 나는 들키지 않고 외로울 수 있었다.
그것은 또한 걷는 것과 비슷해서 그렇게 하지 않으면 목적지에 닿을 수 없다.

인생의 어느 지점에서 그곳에 당도하게 된다면 그곳이
내가 오래전부터 닿고 싶은 지점이었음을 알게 될 것 같다.
그때 기분은 어떨까.
허망할 것인가 충만함과 기쁨으로 가득할 것인가.
똑같겠지, 아마도 다시 책을 읽고 글을 쓰고 음악을 듣겠지.

아름다운 것들은 대부분 외롭고, 외로운 것들은 대부분 아름답다.
혼자이어야만 닿을 수 있는 곳이 있다.

다들 외롭잖아
안 그런 척할 뿐이지

나이가 드는 건 놀랄 일이 줄어들고 별것 아닌 일들이 늘어난다는 것이
다. 호기심이 사라진다는 것이다. 더 이상 너의 안부가 궁금하지 않다.
잘 살고 있겠지 뭐.

모든 일에는 다 이유가 있다는 사실을 알게 된 마흔 언저리의 어두운
밤. 식탁에서 홀로 맥주잔을 기울이고 있는 자신의 모습이 더 이상 낯설
지가 않다.

다들 시간이 공평하다고 이야기하지만 사실은 그렇지 않다. 누구는 열
두 시간 동안 생계를 위해 일하고 여섯 시간 동안 자고 여섯 시간 동안
피곤해서 멍하니 아무 것도 못하지만 어떤 사람은 하루 종일 자기 하고
싶은 일만 한다. 우리에겐 같은 시간이 주어져 있지 않다.

뭔가 잘못 되었다는 걸 알았을 때는 이미 많이 잘못되어 있을 때다. 바
로잡기가 힘들다. 니체였던가. "살아야 할 이유를 갖고 있는 사람은 살
아가는 모든 방식을 견뎌낼 수 있다"는 말을 한 사람이. 그렇지만 우린
너무 많이 견뎌 왔다. 지금까지 이야기하고 싶은 것이 아니라, 이야기
해도 되는 것만 이야기했기에 여기까지 올 수 있었다. 남을 견디는 것과

외로움을 견디는 것. 어느 것이 더 견딜 만한가.

요즘 나를 지탱하고 있는 건 확인과 알람이다. 까먹고 까먹고 또 까먹는다. 나에게 확인하고 상대방에게 확인하는 게 일이다. 캘린더는 알람으로 빡빡하다. 캘린더에 적고 수첩에도 적는다. 가스불을 끄고는 꼭 소리 내어 혼잣말을 한다. 가스불을 잠갔어.

다들 외롭잖아 안 그런 척할 뿐이지. 음악을 듣는 것도, 여행을 떠나는 것도, 맛있는 음식을 찾아다니는 것도 외로워서잖아. 외로워서 페이스북을 하고, 외로워서 요리를 하고, 외로워서 건물을 짓고, 외로워서 당신을 만나는 거지. 외로워서……. 그런데도 우린 왜 점점 더 외로워지는 거지? 어제보다 오늘, 우리는 더 외로워진 거지?

빈 맥주잔을 내려놓으며 중얼거린다. '산다는 건 점점 고독해지는 일인 것 같아'. 이 세상 구석에 버려진 자전거가 된 듯한 기분이다. 하지만 그건 내 잘못이 아니다. 그게 세상의 이치다. 내 얼굴은 언제나 유리창 너머의 풍경처럼 뿌옇다.

상처는 만들지 않을 수 있다면
만들지 않아야 합니다

밤입니다. 사방이 조용합니다. 지난 일본 니가타 출장길에 사온 준마이 다이긴죠의 병을 땁니다. 뭔가 특별한 날에 병을 따고 싶었지만 결국 오늘 병을 열어버렸네요. 음악은 팻 메시니 아저씨입니다. 사케를 한 모금 마시고 젓가락으로 두부를 집어듭니다. 준마이 다이긴죠와 두부, 그리고 팻 메시니라. 나쁘지는 않습니다. 그럭저럭 잘 어울립니다.

어두운 식탁에서 홀로 마시는 사케와 차가운 두부가 유일한 위안이자 위로입니다. 때로는 그만두고 싶을 때가 있습니다. '여기까지만!' 하고 뒤돌아서고 싶을 때가 한두 번이 아닙니다. 상처도 많네요. 지난 세월 동안 크고 작은 상처를 몸에 새겼고 상처는 스스로 꿰매는 것이라는 것도 깨닫게 됐습니다. 젊었을 때는 복수를 생각하며 잠에서 깨기도 했지만, 지금은 복수 같은 건 아무 소용이 없다는 걸 알게 됐습니다. 복수한다고 상처가 치료되는 건 아니더군요. 상처는 영원히 상처로 남아 있더군요.

열심히 살아왔다고 생각했는데 곁에는 아무도 남아 있지 않더군요. 어느 날 주위를 둘러보니 혼자 우두커니 서 있는 것이었어요. 물론 저 말고 다른 이들도 그렇겠지요. 모두 다 어디로 가 버린 것일까요. 어느 것 하나 제대로 된 게 없네요. 모든 게 엉망입니다. 저도 모르게 서서히, 서서히 엉망이 되어 갔던 것입니다. 아, 엉망진창이야 하고 깨달았을 땐 이미 모든 게 엉망진창이 되고 난 뒤였죠. 한때 상처가 삶을 지탱해 준다고 믿은 적이 있지만, 이제는 그러고 싶지 않습니다. 상처는 만들지 않을 수 있다면 만들지 않아야 합니다.

사케를 단번에 입에 털어 넣습니다. 목이 시원합니다. 힘들 때마다 '어이 조금만 더 가보자구, 가다 보면 뭔가 나오겠지' 하고 위로해 주는 건 사케나 음악 같은 것들이더군요. 좋아하는 음악을 들으며 차가운 사케 한 모금 마시다 보면 '뭐 어떻게든 해 봐야지' 하는 마음이 모락모락 생겨나곤 합니다. 우리의 인생을 나아가게 하는 건 결국 이해보다는 의지입니다.

두부를 한 조각 집으며 되뇝니다. '일이 많을 땐 하나씩!' 막막할 때면 주문처럼 자주 되뇌는 말입니다. 일은 가만둔다고 절대 사라지지 않죠. 하나씩 처리하는 것 말고는 다른 방법이 없더라구요. 그렇군요. 아직 제게는 해결해야 할 일이 남아 있습니다. 아직 사케도 반 병이나 남았구요. 팻 메시니 아저씨는 열심히 기타를 치고 있습니다.

빈 잔을 탁 하고 내려놓으며 창밖을 바라봅니다. 비가 더 세차게 내립니다. 자, 세월이 흘렀구요. 다시 두부를 놓고 사케를 마시는 어두운 밤에 홀로 남겨졌습니다.

우리 생을 더 빛나게 하는 건
사랑보다는 휴일

대부분의 사람들은 다른 사람에게 관심이 없어요. 관심 있는 척할 뿐이
죠. 위로가 어딨어요. 위로라는 단어가 있을 뿐이죠. 자기 상처는 스스
로 꿰매며 살아가는 거랍니다. 그게 어른의 세계죠. 그래서 좋아하는 노
래 한 곡쯤, 아프고 외로울 때 들을 노래 한 곡 정도는 가슴속에 여며두
고 살아야 해요. 노래 한 곡이 몇 년은 버티게 해 주거든요.

○

약점은 고치는 게 아니에요. 잘 감추는 거죠.

○

나를 바꾼 건 내가 몸소 겪은 것들이었습니다. 그것들은 아팠거나, 고통
스러웠거나, 대체로 슬펐습니다. 기쁘고 행복한 것들은 나를 변화시키
지 못했습니다. 상처와 실패가 약간이나마 나를 앞으로 나아가게 했습
니다. 지난 몇 년 전의 삶보다 지금의 내 삶이 몇 센티미터라도 앞에 위
치해 있는 건 실패가 나를 억지로라도 밀었기 때문이고 상처가 내 손을
잡고 겨우 이끌었기 때문이라고 생각합니다. 하지만 생이 내게 남은 날
들에서도 상처와 실패를 통해 배우라고 한다면, 더 나은 인간이 되라고
강요한다면, 미안하지만 이젠 그러고 싶지 않네요. 나는 여전히 모자라

고 누추한 인간이지만, 더 이상 아프고 슬픈 건 싫거든요. 웃고 싶은 건 아니지만 그렇다고 울면서 나아가고 싶은 건 아닙니다.

○

잊어도 그만인 것들, 잊어버려도 상관없는 것들이 갈수록 늘어납니다. 위대한 것도 없고 압도적인 것도 없네요. 새벽녘, 어슴푸레한 강변을 따라 자전거를 타고 가다 보면 가끔 눈물이 나지요. 서로에게로 향하던 자발적인 사랑의 날들은 어디로 사라졌는지. 당신을 엿보던 호기심의 날들은 어디로 흘러가 버렸는지. 우리는 처음부터 혼자였죠. 하지만 언제나 왜 혼자였을까요. 모든 날들에서 멀어지고 싶어 힘껏 페달을 밟아요.

○

인생은 원래 물거품이에요. 그러니까 즐겨야죠. 우리 생을 더 빛나게 하는 건 어쩌면 사랑보다는 휴일이랍니다.

○

사실은 모두가 울고 있잖아요. 안 그런 척하면서.

"괜찮아"하고
말해 주었으면 좋겠습니다

뭐 하나 제대로 되는 일이 없네요. 언제나 실수투성이입니다. 남들은 다 잘하고 있는 것 같은데, 열심히 달려가고 있는 것 같은데 나만 이 모양입니다. 그래도 크게 걱정하지는 않습니다. 저 역시 처음 해보는 일인데, 처음 살아보는 인생인데, 어떻게 실수없이 조용히 지날 수 있겠어요.

잘못된 길이 지도를 만든다는 말을 들은 적이 있습니다. 생각지도 않은 행운을 만나는 건 언제나 낯선 길 위에서고 우리를 자라게 하는 것은 실수라고 생각합니다. 실수했다고 다그치지 말아 주세요. 대신 응원해 주시면 안될까요. "괜찮아"하고 말해 주었으면 좋겠습니다. 그 응원이 실수와 정면으로 마주하게 만들어 주니까요. 낭비라고도 말하지 않았으면 좋겠습니다. 나름 최선을 다하고 있으니까요. 조언은 언제든 감사합니다.

그것도 아니라면 조용히 지켜봐 주든지, 그것도 아니라면 그냥 모른 척해 주시든지.

인생은 나쁘고
가끔 좋을 뿐입니다

결론부터 말하자면 인생은 고통과 불행의 시간이 더 많습니다. 인생은 나쁘고, 가끔 좋을 뿐입니다. 살아 보니 그렇더군요. 아마 대부분 이 말에 동의하실 겁니다. "돌아보니 그렇더군" 하며 고개를 끄덕일 겁니다. 아닌가요?

힘든 일이 닥칠 때마다 "살다 보면 좋아지겠지. 그런 게 인생이야" 하는 위로의 말을 듣곤 하지만, 자신있게 "네, 그렇습니다"하고 대답하지는 못하겠습니다. "인생이 어려워질 때는 1야드씩 어려워지고, 인생이 쉬워질 때는 1인치씩 쉬워진다"는 말도 있죠. 살아가는 일은 어쩌면 고통에 점점 무뎌져 가는 일이 아닐까 하는 생각도 듭니다.

그래도 어떻게든 관통해 왔습니다. 몸소 겪어 왔습니다. 차근차근 경력을 쌓아가며 겨우 여기까지 왔습니다. 우리가 가지고 있는 지금의 편안한 표정과 안정적인 자세는 엄청난 고난과 고통, 슬픔이 모여 만들어진 것입니다. 때로는 남 탓으로 돌리기도 하고 어리광도 부려봤지만, 인생이 뭐 그런 걸 들어줄 정도로 만만한 녀석은 아니잖아요.

사실 지금도 힘듭니다. 인생이라는 폭풍우 속에서 제대로 서 있기도 벅찹니다. 그래도 어쩌겠습니까. 이대로 주저앉을 수는 없잖아요. 지난번 겨우 넘어왔던 그 고비의 순간을 떠올리며 입술을 깨물고 서 있습니다. 이번에도 어떻게든 넘겨보자.

그나마 다행인 건 그 극복의 순간이 아직 마음속에 희미한 불씨처럼 남아 응원을 보내고 있다는 사실입니다. 돌아보면 포기해야 할 이유보다는 포기하지 않아야 할 이유가 더 많습니다. 고통이란 게 있을까. 고통스러운 순간만이 있을 뿐이지, 이렇게 스스로를 위로하며 걷다 보니 어느덧 날이 저물었군요.

언제 끝날지는 모르지만, 언제 어디서 어떤 일이 벌어질지 모르지만 일단 가 봐야겠죠. 다시 한번 말하지만 인생은 나쁘고 가끔 좋을 뿐입니다. 지금은 힘들겠지만 이 폭풍우가 지나면 잠깐 맑은 하늘이 보일 겁니다. 지금까지 쭉 그래 왔으니까요. 더 자세한 이야기는 그때 나눕시다. 오늘은 일단 좀 자 두어야겠습니다.

우리는 고독하면서도
개별적인 선인장

선인장의 가시는 잎이 변해서 만들어졌다고 합니다. 사막이라는 척박한
환경에서 살아남기 위한 방편이었던 것이죠. 넓은 잎으로는 수분 증발
을 막을 수 없었던 모양입니다.

살다 보니 우리도 점점 선인장이 되어가고 있는 것 같습니다. 어릴 적
환한 햇살을 듬뿍 받아들이던 넓은 잎들은 나이가 들고 사회생활을 거
치면서 어느새 뾰족한 가시로 변해 버렸습니다. 그래서일까요. 상처받
을까 싶어 가까이 가기가 두렵고 가까이 오는 사람도 상처가 될까 마냥
조심스럽기만 합니다.

그런데 솔직히 말하자면, 적당히 떨어져 있는 것도 그다지 나쁜 것만은
아닌 것 같습니다. 다른 사람은 어떨지 모르겠는데, 제 경우에는 조금은
떨어져 있는 게 편합니다. "당신 참 냉정하구먼" 하고 말한다고 해도 어
쩔 수 없습니다. 편한 건 편한 거니까요. 무턱대고 형, 동생 하자는 사람
에게는 신뢰가 가지 않습니다. 그런 사람들에게 끔찍한 실망을 많이 겪
었습니다. '특별한 관계'를 원했던 그들에 비해 전 '보편적인 관계'를 유
지하고 싶었으니까요. 그들에게서 이기적이라는 비난도 많이 받았습니
다. 물론 지금도 그 사람들의 비난을 이해하지 못하고 있습니다만. 아무

튼 '타인의 인생에는 가급적 관여하지 말자'가 그동안 살면서 터득한 노하우 가운데 하나입니다.

적당히 떨어져 있을 때 우리는 서로의 온전한 모습을 볼 수 있고 한결 너그러워질 수도 있는 것 같습니다. 물론 서로를 아프게 하지도 않고요. 우리는 각자 '고독하면서도 개별적인 선인장'이니까요. 가까워지려면 서로의 가시에 찔리는 끔찍한 아픔을 감수해야겠죠. 그러니까 댓글까지는 달지 말고 '좋아요'만 꾸욱 눌러줍시다.

아름다움이 없는 일은
하고 싶지 않아

수평선 위로 구름이 솟아올랐다. 바다의 입김. 맨 아래는 짙은 회색, 가운데는 오렌지빛, 맨 위는 옅은 분홍빛이었다.

매일 보는 흔한 풍경이었지만 그는 이 순간을 조금도 놓치고 싶지 않다는 듯 그 빛들이 모조리 사라져 대기 중으로 흩어질 때까지 주의 깊게 지켜보았다. 그는 수평선 위로 구름들이 솜뭉치처럼 솟아오르는 이 순간을 아주 좋아했다. 왜냐하면 그 구름들은 해가 뜨면 금방 사라졌는데, 그건 그에게 인생의 쓸쓸함과 덧없음을 떠올리게 해주었기 때문이었다.

마침내 모든 구름이 사라지자 눈부시게 푸른 하늘이 나타났다. 파도는 같은 리듬으로 출렁였다. 밤이 지나고 아침이 온 것이다.

그는 생각했다. 이제 아름다움이 없는 일은 하고 싶지 않다고.

우리가 사랑하는 것이
우리를 사랑할 것입니다

봄이 왔습니다. 벚나무는 가지가 간지러운 모양입니다. 말랑말랑한 봄 공기 속으로 꽃망울을 부풀어올리고 있네요. 곧 꽃이 필 모양입니다. 오늘은 마흔세 번째 맞는 봄입니다. 무릎에 고이는 햇살이 따스합니다. 봄이 되니 마흔이 그럭저럭 견딜 만합니다. 마흔이 되던 해 많이 아팠던 것 같습니다. 서른이 되던 해는 눈코 뜰 새 없이 바빴던 탓일까요, 별다른 아픔 없이 넘어갔습니다만 마흔은 그렇지 않더군요. '잘 살고 있는 걸까' 하는 의심과 '이게 사는 걸까' 하는 회의와 '이번 생은 망했어' 하는 절망과 '되는 일이 하나도 없군' 하는 짜증이 해일처럼 밀어닥쳤습니다. 하루하루가 물에 젖은 소금 가마니를 짊어진 나귀처럼 힘겨웠습니다. 흐르는 시간을 어디 꽉 붙들어 매어 두고 싶었죠. 가지 마.

그래도 시간은 흘러가더군요. 하루에 하루씩, 얄밉게도 꼬박꼬박 챙겨 가더군요. 그런데 말입니다. 어느날 말입니다. 아무렇지도 않게 '늙었다'는 사실을 불현듯 깨닫고 받아들이게 됐습니다. 그런 순간이 정말 있더군요. 그런 순간이 정말로 오더군요. 영화를 보는데, 음악을 듣는데, 그림을 보는데, 책을 읽는데 전혀 새롭지가 않은 것이었습니다. 싫다는 게 아니라 새롭지가 않았다는 겁니다. 그 감정 앞에서 뭐랄까, '난 이미 늙어 버렸어'라는 감정보다는 '시간이 괜히 흐른 것만은 아니었구나' 하는 생각이 들더라구요. 마음 한편이 환해지는 거였습니다. 거울 속에는 이전과는 다른 내가 물끄러미 서 있었습니다.

이제는 뭐 그런가 보다 하고 살아갑니다. 떠난 버스는 아무리 손을 흔들어도 다시 돌아오지 않는다는 것을 알게 됐으니까요. 누군가 그러더군요. 24세 전에 입지 않던 옷을 이후에도 안 입게 될 확률 95퍼센트, 36세 전에 먹지 않던 음식을 이후에도 안 먹을 확률 95퍼센트, 40세 전에 듣지 않았던 음악을 이후에 안 듣게 될 확률 95퍼센트. 인간이란 이토록 일관성이 있습니다. 시간이 아무리 흐른다고 해도 바뀌지 않는 것은 바뀌지 않습니다.

사소한 것들은 그냥 흘러가는 대로 내버려 둡니다. 세상에는 그다지 기대할 것도 없고 가슴 뛰는 흥분도 별로 없어요. 즐거운 일이 생기기 보다는 힘든 일이 생겨나지 않기를 바랍니다. 잘 구워진 스테이크 한 조각, 좋은 올리브 오일, 괜찮은 와인 한 잔이면 됩니다. 도전, 모험, 열정 같은 단어보다는 신중, 배려, 연민 같은 단어가 훨씬 더 매력적으로 다가옵니다. 간혹 30대로 다시 돌아가고 싶냐는 질문을 받곤 하는데, 아이쿠, 그럴 생각은 단 1그램도 없습니다. 지금이 훨씬 나아요. 좌충우돌의

그 시절, 타인에게 상처를 내고서는 그 상처를 바라보며 의기양양해 하던 그 시절로 돌아가고 싶지는 않습니다.

이제는 알게 됐습니다. 당신을 납득시키는 것보다는 내가 이해를 하는 게 중요하다는 것, 하지만 이해가 안되는 일을 반드시 이해할 필요는 없다는 것. 이해하려는 과정에서 위로와 연민이 생기고 그것이 다른 모든 감정보다 아름답다는 것. 배낭을 메고 지도를 신중하게 들여다보는 남자가 얼마나 멋있는지, 마흔을 넘겨도 그런 포즈를 취할 수 있는 인생을 만드는 게 얼마나 어려운지를 살아 보니 알겠네요.

산다는 건 익숙해지는 일입니다. 하루는 저물게 마련이고, 아침이면 다시 날이 밝습니다. 저무는 것도, 환해지는 것도 아쉬운 일이지만 어쩔 수 없는 일이지요. 꽃은 지기 때문에 아름다운 건지도 모릅니다. 어쨌든 시간은 공평합니다. 모든 이들에게 1년마다 한 살씩을 던져줍니다. 지금 이해를 못한다면 나중에 이해할 날이 오겠지요. 안 오면 또 그뿐이고요. 우리가 이해하는 것이 우리를 이해할 것이고요, 우리가 사랑하는 것이 우리를 사랑할 것입니다.

괜찮으니까,
괜찮을 거야

잠깐 산책이나 하자.
좀 걷자.
아무렇지도 않게 이상한 일이 일어나는 것
그게 인생이잖아.

당분간 기다려 보는 건 어떨까.
그냥 살아 보는 거지 뭐.
어떤 일들은 시간이 지나면 저절로 해결되기도 하잖아.

괜찮으니까, 괜찮을 거야.

제2장

당신이 아니면 사랑은 사랑이 아니라서

우리는 언제나
떠나려 하고 있었다

지난날이 그리워? 돌아가고 싶어? 그가 물었다.
아니. 나는 고개를 저었다.
언덕 너머에서 바람이 불어와 우리의 이마를 헝클어뜨렸다.
길게 펼쳐진 비행운 한 자락이 보랏빛으로 물들어 가던
그 여름의 저녁.

우리는 알고 있었다.
우리는 점점 서로에게 희미해져 가고 있었고
우리는 언제나 서로의 옆 얼굴만을 바라보고 있었고
생은 불행으로 겨우 지탱되고 있다는 걸.

우리는 떠나려 하고 있었다.
그래야만 조금이나마 이 생에 무심해질 수 있으니까.
모든 인기척을 지울 수 있으니까.
비행기가 힘껏 날아오를 때면 우리는 눈을 감으며
지상의 일들을 잊으려 애썼다.

우리가 사랑이라고 믿었던 그것들이 사랑이 아니었을 때,

아무것도 아니었을 때.

지상의 가로수들을 모조리 베어버리고 싶은 때가 있지.
그걸 못해 여행을 떠나는 거지.

하루에 하루씩
하루만큼 사라져 가는

하루라는 카드가 있다. 예전엔 참 많이 가지고 있다고 생각했다. 그런데 얼마 전부터 내 손에 하루라는 카드가 몇 장 남지 않았다는 걸 알게 됐다.

그 카드를 놓치지 않으려 손에 꼭 쥐고 있지만 카드는 사라진다. 아침에 침대에서 일어나면 한 장이 줄어 있다. 여행 중 차창 밖을 바라보고 있으면 누가 빼내갔는지 또 한 장이 사라지고 없다. 피곤한 몸을 이끌고 돌아와 책상에 앉아 원고를 쓰며 졸다 보면 카드 한 장이 또 없다.

더 가지고 싶지만 더 가질 수 없는 하루라는 카드. 하루에 하루만큼씩 꼭 사라지는 하루.

그래서 사랑하는 거다. 시간은 언제나 우리 편이 아니고 우린 점점 희미해져 가고 있으니까. 사라져 가고 있으니까. 사랑이 아니면 이 공허와 허무를 견딜 수 없으니까.

내 속에 얼마나 많은 사랑이 있고
행복이 있는지

여기는 인도네시아 발리의 어느 해변이다. 산호초가 부서져 만들어진
해변은 눈부시게 빛난다. 나는 이곳에 머물며 휴가를 즐기고 있다. 저녁
이면 리조트를 나와 커다란 야자수 아래에서 샌드위치를 먹으며 기타를
튕기고 노래를 부른다. 여행자들은 아주 사소한 농담에도 크게 웃음을
터뜨린다.

저녁이면 보랏빛 노을이 수평선 너머에서 번져 온다. 해변이 가장 아름
다워지는 시간이다. 물결이 일 때마다 세상은 보랏빛으로 넘실댄다. 노
을이 있어 얼마나 다행일까. 지구가 단지 단단한 바윗덩어리가 아니라
는 사실을 알 수 있으니 말이다.

노을이 물러가면 별이 뜨고 섬은 조용해진다. 어부들과 나무, 선인장들
도 깊은 잠에 빠진다. 가끔 바위 끝에 매달려 있는 도마뱀을 만나기도
한다. 그들은 아주 맑은 눈을 가졌고, 주의 깊게 귀를 기울이면 그들의
자그마한 심장 박동을 들을 수도 있다. 조약돌 두 개를 마주 들고 두드
리는 것 같다.

우리는 맨발로 해변을 걷는다. 서로가 서로의 손을 꼭 잡고 있다. 가끔 발걸음을 멈추고 파도 소리를 들으며 어둠 속의 바다를 응시하다 보면 어느 천사가 앉아 커다란 눈으로 우리를 바라보고 있다는 생각이 든다. 그는 이렇게 말하고 있다. '너희들은 손을 꼭 잡고 그렇게 오래도록 잘 살아라.' 우리를 지켜주는 천사를 만나는 일, 확인하는 일. 그것이 어쩌면 여행 아닐까.

하루키가 말했다. "작가는 소설을 쓴다─이것이 일이다. 비평가는 그에 대해 비평을 쓴다─이것도 일이다. 그리고 하루가 끝난다. 각기 다른 입장에 있는 인간이 각자의 일을 끝내고 집으로 돌아가 사랑하는 사람과 식사를 하고. 그러고는 잔다. 그게 세계라는 것이다."

우리에게 지켜야 하고 돌아갈 단 하나의 세계가 있다면 그곳은 바로 사랑하는 사람이다.

사랑하도록
합시다

사랑을 더 새롭게 하는 방법은 없는 것 같아요.
더 많이 사랑하는 것밖에는.

사랑을 배우는 유일한 방법은 사랑하는 것 아닐까요.
아무리 생각해 봐도 그것 말고는 방법이 없네요.

그러니 사랑하도록 합시다.
어차피 사랑하는 것이 사랑하지 않는 것보다 좋은 거잖아요.
어차피 후회할 거라면 사랑하고 나서 후회하는 게 낫잖아요.

바라보는 것도 좋지만
가지면 더 좋잖아요.

당신은 여전히 미지의 방향에 있고.
오늘도 나는 더듬거리며 당신에게로 향합니다.

달립니다,
가랑비

오전에는 가랑비가 내렸다. 시를 읽었고 누자베스를 들었다. 아무도 보고 싶지 않았다.

비 그친 오후에는 자전거를 탔다. 노을의 방향으로 페달을 밟았다. 바퀴로 달려와 은빛으로 부서지던 햇살들. 칸나를 향해 여름은 깊어갔고 내 인생의 오후는 할 일을 미뤄둔 채 저물어 갔다.

조용히 글러브를 벗어 두고 마운드를 내려오고 싶은 마음이 들 때가 있다. 승패 따위에는 관심이 없어진지 오래. 맥주나 마시며 끝없이 흘러가는 강물을 바라보는 저녁을 가지고 싶을 때가 있다.

당신을 안고 포도를 까먹으며 인생을 낭비하고 싶은 저녁. 다시 비가 내린다. 당신 쪽으로 더 멀리 가려고 했는데 깊어가는 여름 앞에서 나는 여전히 속수무책이다. 달립니다. 가랑비.

그런 거죠,
네, 그런 겁니다

오랜 여행에서 돌아와 자전거를 타고 동네를 한 바퀴 천천히 돌아봅니다. 전봇대는 여전히 같은 자리에 서 있고 단골 카페의 입간판도 제자리에 서 있습니다. 600번 버스는 여전히 잘 다니고 있고요. 저물 무렵이면 같은 농도의 노을이 밀려와 거리를 보랏빛으로 물들입니다.

자전거를 세우고는 팔짱을 끼고 이 풍경을 바라보며 '음, 모든 것이 제자리에 있군'하며 고개를 끄덕입니다. 그러고는 집 앞 슈퍼마켓에서 맥주 두 캔을 사서는 핸들에 매달고 집으로 돌아가는 거죠. 삐거덕삐거덕. 적당히 생맥주를 마시며 핑곗거리를 찾으며 하루하루 살아가고 있는 겁니다. '이래도 될까'하고 잠시 머뭇거리며 고개를 갸우뚱해 보지만 '뭐 괜찮겠지. 큰일 날 일이야 있겠어'하고는 다시 페달을 밟습니다.

스쳐가는 풍경들을 바라보며 '존재에 특별한 이유 따위는 없어. 그냥 고유의 방식으로 살아가는 거지 뭐'하는 생각을 해 봅니다. 그냥 하루하루가 이렇게 저물고 우린 그 시간 속에 조용히 서 있다 어느 날 사라지는 거죠. 그런 거죠. 네, 그런 겁니다.

다행히 지금은 우리가 헤어져야 할 시간이 아니라는 겁니다.

배를 띄운 밤바다같이
달을 내건 밤하늘같이

이 계절을 붓에 찍어 그대에게 편지를 쓴다. 가을 이슬을 받아 술처럼 입에 묻히고 그대의 아침까지 끊어지지 않는 문장을 적는다. 사랑이 있어 국화가 만발했으니 그리움은 다만 훗날의 창가로 미루어 두리라. 우리는 사랑을 해서 서로에게 잊혀지지 않는 눈빛이 되었으니 그대는 내게 가장 미인인 사람. 문장을 잠시 멈추고 생각하건대, 지난밤 동안 우리는 또 얼마나 닮아 왔을까. 배를 띄운 밤바다같이 달을 내건 밤하늘같이. 어디서라도 생각 끝에는 늘 그대가 서 있고 마음은 밀물처럼 가득해진다. 이번 생은 내가 걸어가는 처음의 가을. 국화를 만지며 그대의 눈썹에 입을 대는 가을이다.

조금 더
안고 있도록 합시다

꼭 뭔가를 이뤄야만 하나요.
가을이 가고 있는데 그까짓 게 뭐라고요.

오늘 아침에는 지금 안고 있는 사람을
조금 더 꼭 안고 있을 필요가 있습니다.
가을이 가고 있으니까요.
서로의 온도를 더 선명하게 기억해야 하니까요.
모르고 지나친 사랑만큼 안타깝고 괴로운 일이 또 있을까요.

오늘 아침에는 사랑에 집중하도록 합시다.

이게
사랑일까

널 사랑하는지 어쩐지는 잘 모르겠어.

하지만 너와는 헤어지기 싫어.

별빛 하나로도
생을 건너가는 사람이 있답니다

좋았던 시절은 다시 오지 않을 걸 알기에 좋았던 시절인 거죠. 여행은
여행인 걸 알기에 좋은 거죠.

또 한 번의 여행이 끝났습니다. 집으로 가고 있습니다. 비행기 좌석 모
니터에는 길이 2센티미터의 비행기가 부지런히 날아가고 있습니다. 몇
시간 후에는 내가 출발했던 곳에서 하늘을 올려다보며 떠나가는 비행기
를 그리워하고 있을지도 모를 일입니다. 여행은 짧은데 삶은 왜 이리 혹
독하고 긴 것일까요. 발이 부었고 허리가 아픕니다.

돌이켜보니 지난 두 달 동안 여덟 개 나라를 여행했네요. 조금 지칩니
다. 그래도 이 일이 좋습니다. 어디론가 떠날 땐 여전히 설레고 돌아올
땐 아직도 안도가 됩니다. 우리는 사랑 아니면 여행, 아니 어떨 땐 사랑
보다도 여행. 여행을 하면서도 다른 여행을 그리워하니까요. 더 오래 여
행을 하며 살 수 있다면, 여행을 하며 늙어갈 수 있다면 좋겠습니다.

우리 인생은 거의 무의미하지만 여행을 하다 보면 그 무의미함을 그럭
저럭 견딜 만하다는 생각이 듭니다. 가령 인도 임팔에서 코히마로 가는
길, 주유소에 잠깐 내려 올려다 보았던 밤하늘 같은. 이마를 어지럽게

밝히던 북극성이며 카시오페이아 그 별빛들은 사실 지극히 무의미하지만, 하지만 그 별빛들이 아니었다면 고난한 먼지의 밤길을 어떻게 견딜수 있었을까요. 별빛 하나로도 생을 더듬거리며 건너가는 사람이 세상에는 있답니다.

다음 여행은 조금 더 길었으면 좋겠습니다. 당신에게 인사를 하고 나올수 있게 새벽에 출발하지 않았으면 좋겠습니다. 당신의 따뜻한 손을 떠올릴 수 있도록 겨울이었으면 더 좋겠구요.

나는 지금 어떤 시절을 그리워하는 자세로 창밖을 바라보고 있습니다. 나는 여행이 더 간절하고 나는 갈수록 당신을 더 사랑하는 것 같습니다. 일단 가 보겠습니다. 가 보면 알겠지요. 끝까지 가 보면 알게 되겠지요.

당신이 아니면
사랑은 사랑이 아니라서

비가 그쳤다. 참 멀리 왔구나.
우산을 접으며 꼬리치며 달아나는 길을 바라본다.

우린 어떻게 만나 여기까지 왔을까.
우산 끝을 발끝으로 툭툭 치며,
무엇이 우리를 서로의 방향으로 이끌었을까.

울음이 짙게 번지던 그 여름밤
함께 모기향을 피우며 별을 바라보았던 그 언덕.

당신은 내게 마음을 알게 해 주었고
나는 당신에게로 가 울음을 묻고 한 철을 살았으니
이젠 세상의 모든 작별을 뒤에 두고 걸으려고 한다.

당신이라는 마음,
마음이라는 당신
당신과 마음을 떠올리면 언제나 짠하다.
짜다.

아마도 눈물이라서 그렇겠지.

당신이 아니면
사랑은 사랑이 아니라서.

그렇게
살아갈 것

노르웨이, 노르드캅 가는 길, 영하 27도, 나침반은 끝없이 북쪽을 가리
켰다. 이 눈보라 속에서는 조금도 생을 의심할 수 없을 거야. 우리가 지
나온 세계는 조금도 궁금하지 않아. A가 그렇게 말했다. A의 말에 우리
는 아무도 대답하지 않았다. 창밖에는 끝없이 눈이 내리고 있었고 붉은
사이렌을 울리며 커다란 제설차가 앞서가고 있었다.

얼마나 지났을까. 한센이 차를 세웠다. 이제 더 이상 갈 수 없어. 그가
바다 쪽을 향해 손가락을 가리켰다. 여기가 우리가 갈 수 있는 최선의
북쪽이야. 그곳에는 검은 바다가 있었다. 눈송이들은 바다에 닿자 흔적
도 없이 사라졌다. 사랑은 역시 의지의 문제였어. B가 눈송이를 바라보
며 말했다. 하얀 입김이 그의 입술 사이로 쏟아져 나왔다. 지킬 수 있다
면 지켜야 해. 사랑은 죽음보다 강하지만 사랑하지 않아도 일상은 계속
되더군.

노르드캅, 영하 27도. 우리는 눈송이가 뛰어드는 검은 바다를 바라보고 있었다. 그 풍경은 지나간 시간은 다시 되돌아오지 않으며, 모든 것은 무의미하다는 것을 다시 한번 깨닫게 해 주었다. 그렇지, 생이 꼭 뭔가를 이룩해야만 하는 건 아니지. 나는 바다를 향해 걸어갔다. 눈발이 발자국을 덮고 또 덮었다. 뒤돌아볼 필요는 없었다.

우리가 기억할 만한 건
꽃 한 다발의 일일 뿐일지도

오랜 여행자는 모든 것들은 돌아갈 곳이 있다는 말을 믿지 않는다.
영원히 떠돌아야 할 운명이 분명 존재한다.

우리는 여전히 인생에 대해 알지 못한 채 소멸을 향해 착실하게 걸어가
고 있다.
비는 구름이 사라지는 방식.
당신에 대해 다 알고 싶지만 당신에 대해 다 알게 되는 게 가장 두렵다.

삶이 궁금하다면 여행을 떠나지 말라고 아이들에게 가르치고 싶다.
다만 음악을 들으라고, 그 속에 어두운 방이 있을 것이니
조용히 웅크리고 있으면 된다고 말하고 싶다.

세상에서 가장 피곤한 말은 밤의 공항이다.
어떤 일은 절대 해결할 수 없다. 문제가 생기면 그냥 내버려둬야 한다.
사람과 차와 낙타와 수레가 뒤엉킨 카이로의 거리를 걷다 보면
'그때그때 어떻게 어떻게 하다 보면 그럭저럭 해결된다'는 것을 깨닫게
된다.

모두가 잠이 들면 어떤 목소리가 다가와 이야기할 것이다.
우리는 대개 버려지고 기억할 만한 건 꽃 한 다발의 일일 뿐일지도 모른다고.

사랑이 아름다운 이유는 그것이 처음부터 그리고 마지막 순간까지
영원을 추구하기 때문일 것이다. 하지만 우리는 사랑을 계속하며 이 사실을 의심하게 된다.

그래도 불행하다는 말은 하지 않겠다.
살아서 여기까지 왔는데 도대체 뭐가 불행하다는 말인가.

당신은
좋은 사람입니다

살아갈 날이 많이 남았다는 건
아직 슬퍼할 일도 많이 남았다는 것.

너무 슬퍼하지 마세요.
우리에겐 아직 많은 작별이 남아 있으니까요.

어디에서든 손을 잡아요.
우리 생은 작별로 가득하니까요.

헤어질 땐 이렇게 말해 두는 연습을 합시다.
당신은 좋은 사람입니다.
당신 목소리가 귓가에 맴돌 거예요.

이별에
관하여

많은 이별을 겪었다. 만남보다 이별이 많았다. 하도 많은 이별을 겪은 탓에 이젠 모든 이별의 방식을 견딜 수 있을 정도다.

그들은 언제나 나비처럼 나를 벗어났다. 한 뼘씩, 한 뼘씩, 또 한 뼘씩.

날갯짓처럼 사뿐하던 그 이별의 궤적을 바라보며 이별이란 헤어지려고 해서 헤어진 것이 아니라 밀려온 파도가 물러나듯 그저 만남이 끝났을 뿐이라는 것을 알게 됐다.

카페에 앉아 물끄러미 내 손을 바라보고 있다. 어느 겨울 당신을, 차가운 손을 덮어 주던 그 손이 지금은 식은 커피잔을 쥐고 있다. 우리는 사랑이 오는 건 보지 못하지만, 가는 건 끝까지 지켜본다.

눈이 오고 있다. 이별은 어느 계절에나 어울린다.

이별이 슬픈 건 네가 울고 있을 때 내가 그 자리에 없다는 것이다. 빈 자리를 보는 것이 제일 슬프다.

이별 후에 나는 좋은 사람이 아니라는 걸 알게 됐고 이별 후에도 많은
생이 남아 있다는 걸 알게 됐다.

낭비된 시간도 없고, 낭비된 마음도 없다. 모든 인연은 몸속 깊이 새겨
진 채 우리의 남은 날들을 작동할 것이다. 나는 여기에서 살고 있고 당
신은 거기에서 살고 있을 뿐이다. 그게 이별이다.

우린 의외로
쉽게 잊혀진다

포르투갈 카미노, 여기는 노을의 국경. 기차는 덜컹거리며 지평선을 가르며 달려간다. 차창 밖으로 초승달이 흔들린다. 초승달처럼 인생의 전부를 사용해 무엇인가를 힘껏 열망했던 적이 있었을까. 후회했던 적이라도 있었을까. 농담처럼 살아왔던 나날들.

무엇이 우리를 사랑에게로 이끌었다가 무엇이 우리를 사랑 너머로 다시 데려가는 것일까. 지평선을 넘었을 때 우리는 뒤돌아보았고 우리의 사랑으로 어지러울 거라고 생각했던 발자국들이 하나도 남아 있지 않다는 사실을 알게 됐다. 삶이라는 모래바람이 우리의 발자국을 완벽하게 지워 버렸던 것이다. 더 놀라운 건 우리는 아무도 그 발자국을 아쉬워하지 않았다는 것. 우리가 걸어왔던 그 길이 정말 사랑이었을까.

우리가 사랑이라고 믿었던 것들이 사실은 사랑이 아니었을 때, 아무것도 아니었을 때, 아무것도 아니었을 때, 아무것도 아니었을 때.

조금씩 조금씩 잊다 보면 우린 처음처럼 몰랐던 사이가 되겠지.
우린 의외로 쉽게 잊혀진다.

제3장

뜻대로 된다면 인생이 아니겠죠

약간의 각오와 약간의 여유
그리고 즐겨 보자는 마음가짐

유치원 때 꿈은 선생님이었습니다. 초등학교 4학년 때의 꿈은 '훌륭한' 과학자였습니다. 중학교 2학년 때의 꿈은 비행기 조종사였습니다. 고등학교 1학년 때의 꿈은 그냥 대학에 가는 거였습니다. 고등학교 3학년 때는 시인이 되고 싶었습니다.

어떻게 어떻게 하다 보니 여행작가로 살고 있습니다. 훌륭한 과학자가 되지도 못했고 비행기 조종사가 되지도 못했습니다. 그럭저럭 대학을 나와 시인이 되고 그럭저럭 살고 있습니다. 지금 꿈이 있다면 남극 여행 한번 해보는 것입니다. 큰 돈을 벌고 싶지도 않고(그럴 능력도 없지만) 좋은 차를 타고 싶은 마음도 없습니다.(그럴 능력도 없지만) 남극에 가서 펭귄이 떼 지어 얼음 절벽에서 뛰어내리는 장면이나 한번 보았으면 좋겠네요(어쩌면 엄청난 꿈일 수도 있겠네요).

중학교 때, 고등학교 때 꾸었던 꿈을 이룬 사람이 몇이나 될까요. 제 주위엔 그때의 꿈대로 살고 있는 사람이 한 명도 없더군요.

다들 젊었을 때 전력 질주해야 한다고 하지만, 그렇지 않으면 낙오한다고 하지만, 솔직히 말해 어쩌면 우린 출발선상에서부터 이미 낙오해 있

는 것인지도 모릅니다. 전력 질주하고 있는 사람들도 뭐 때문에 전력 질주를 하는지도 모른 채 무작정 달리고 있는 것인지도 모릅니다.

인생은 길고 지루한 싸움입니다. 처음부터 끝까지 전력 질주할 수는 없는 거죠. 전력 질주해야 할 때가 있고 천천히 걸어야 할 때가 있고 그늘에 앉아 쉬어야 할 때가 있는 겁니다. 지금이 꼭 전력 질주해야 할 때가 아닐 수도 있다는 겁니다. 도끼날 이론이라는 게 있습니다. 하루 종일 나무만 베는 사람보다, 중간중간 쉬면서 날을 가는 사람이 결국 나무를 더 많이 벤다는 것이죠.

조급하게 생각할 필요는 없습니다. 지금은 가만히 서서 주위를 둘러보아야 할 때인지도 모릅니다. 어쩌면 내가 진정으로 하고 싶은 건 지금 하고 있는 일이 아닐 수도 있으니까요.

약간의 각오와 약간의 여유, 그리고 즐겨 보자는 마음가짐. 이 정도면 충분하지 않을까요. 인생은 우리 뜻대로 되는 게 아니고 우리에겐 아직 많은 날들이 남아 있으니까요. 길게 보자고요.

죽기 살기로
덤빌 필요가 없으니까요

대학을 졸업하자마자 일이라는 걸 해 왔습니다. 지금까지 20년 넘게 일한 셈이네요. 그동안 딱히 맘 편히 쉬어본 적이 없는 것 같습니다. 여행을 떠나서도 언제나 일이 우선이었던 것 같아요. 취재노트를 빡빡하게 쓰고, 카메라 메모리 카드를 가득 채우고 나서야 비로소 쉬었습니다.

그러는 사이 서서히 지쳐 갔던 것 같고 매너리즘에 빠진 것 같았습니다. 내 글과 사진은 언제나 제자리인데, 다른 작가들의 글과 사진은 점점 나아지고 있고, 재기 넘치고 유니크하게만 보이더군요. '난 이제 더 나아지지 못할 것 같아'. 가장 절망스러운 건 이런 마음이 들 때였습니다. '내 감각은 이미 낡고 뭉툭해져 버렸어'라고 자조하며 혼자서 술잔을 비우는 날이 잦았습니다.

'이렇게는 안되겠어. 재충전을 해야지. 그러다 보면 뭔가 새로운 아이디어가 떠오르겠지.' 올해는 좀 슬렁슬렁 쉬어가기로 했습니다. 그동안 하지 못했던 개인적인 작업도 해보자는 핑계를 대며 일도 줄이기로 했습니다. 그런데 예상치도 못했던 자질구레한 일들이 기다렸다는 듯 여기저기서 튀어나오더군요. 프리랜서라고 마냥 자기가 하고 싶은 일만 하는 건 아닙니다. 정리해야 할 서류도 있고 우체국에도 가야 하고 세금

계산서도 제때 처리해야 하죠. 총무부, 영업부, 시설부가 해야 할 일을 디자이너가 모두 해치워야 한다고 생각하면 됩니다. 여유롭게 카페에 앉아 커피를 마시며 아이패드나 뒤적이는 모습만 상상해서는 곤란합니다.

그래도 뭐 일이 아니니까. 그래서 죽기 살기로 덤빌 필요가 없으니까 그럭저럭 즐겁게 하고 있습니다. '아, 이런 게 생활이구나'하고 실감하면서 말이죠. 관공서와 은행에 들락거리고 마트에도 가고 서툴지만 청소도 하고 요리도 하다 보면 어느새 저녁이 '어이, 오늘도 수고했어'하며 서 있곤 합니다. 그럴 때면 손을 탁탁 털고는 베란다 앞으로 가서는 붉은빛으로 물들어 가는 하늘을 바라보며 '이런 감각을 절대로 잊지 말아야겠구나'하는 생각을 합니다. 왜냐고 묻는다면 그 이유를 딱히 설명 못하겠지만, 이런 일들이 나를 살아가게 하는 것 아닐까 하는 생각이 들었기 때문이죠. 약간은 노곤한 몸으로 노을 앞에 서면 오늘 하루도 알차게 보냈다는 만족감도 가슴 깊은 곳에서 서서히 차오릅니다. 물론 이런 순간은 시원한 맥주 한 잔과 함께라면 더 좋죠.

거창한 것을 이루는 것도 좋지만 사소한 것에서 무언가를 찾는 기쁨도 그 크기가 결코 작은 건 아니더군요. 만족감에 이르는 길은 여러 갈래입니다.

일단 눈앞의 일에
집중하자고요

장기적인 계획 같은 건 세운 적이 없습니다. 내일 일이 어떻게 될지도 모르는데 10년 뒤의 일을 어떻게 압니까. 제가 여행작가로 살아가게 될 줄은 꿈에도 생각하지 못했습니다.

해마다 연초에 한 해 계획을 세우곤 합니다만 그 계획을 제대로 실천했던 적은 한 번도 없었던 것 같습니다. 늘 생각지도 못했던 일들을 벌이고 수습하며 살아왔던 것 같습니다. 연말이면 '올해도 나쁘진 않았군' 하며 술잔을 기울였던 것 같고요.

그렇다고 무작정 살아야 한다는 건 아닙니다. 현재에 좀 더 충실해야 한다는 뜻으로 이해해 주시면 좋겠습니다. 수평선 너머가 궁금하다면 일단 눈앞의 파도를 넘어 100미터를 가는 것이 중요하겠죠. 100미터를 가서 그다음 100미터를 더 가는 거죠. 그러다 보면 어느 순간 수평선 너머 새로운 땅을 만나게 되지 않을까요.

요즘은 하루가 다르게 새로운 기술이 개발되고 정보가 쏟아져 들어옵니다. 목적지에 가기 위해 두꺼운 지도책을 뒤적여야 하는 시대는 아닙니다. 내비게이션이 실시간 교통 정보를 반영해 최적의 경로를 알려줍니다. 계획은 계속 수정되어야 합니다. 물론 취소될 수도 있고요. '안되면 되게 하는 것'도 좋지만 '안 되는 것엔 이유가 있다'고 생각하고 그 이유를 찾는 것이 더 좋지 않을까요. 최선을 다하는 건 좋지만 최선을 다한다고 성공하는 건 아닙니다.

'일단 이걸 해치우는 거야. 이걸 잘하고 나면 그다음 일도 잘할 수 있을 거야. 눈앞의 일에 집중하자고.' 이런 마음가짐이 중요할 것 같습니다. 하루가 쌓여 한 달이 되고 한 달이 쌓여 일 년이 되고 일 년이 쌓여 십 년이 되는 거니까요. 너무 먼 훗날의 일은 생각하지 맙시다. 중요한 건 매 순간마다 가장 적합한 행동을 하는 것입니다.

잘 살고 있지?

봄비 그치고 푸른 하늘이 나왔다.
먼 언덕에 무지개가 걸렸다.
누군가 내게 '잘 하고 있어' 하고 어깨를 토닥이는 것 같다.
고개를 끄덕이고는 가던 길을 간다.

마지막으로 무지개를 본 게 언제였지?
기억이 나질 않는다.
아니, 그렇다면! 오늘 본 무지개가 내가 처음 본 무지개였다는 건가?
이렇게 생각하니 신기하기만 하다. (오오, 이런 기적이 저에게도 일어나는
군요.)

갑자기 기분이 좋아진다.
휘파람이 나온다.
기적이라는 게 있긴 있군요.
남들에게만 일어나는 게 아니군요.

무지개, 그게 꼭 있어야 할까?
우린 무지개 없이도 살 수 있는데.
그래도 무지개는 있으면 더 좋은 거잖아.
무지개 때문에 우리가 조금 더 힘을 내고
조금 더 제대로 살 수 있다면
그걸로 된 거 아닐까?

오늘 하루도 그럭저럭 살아낸 것 같다.

기계처럼 쓰는 사람을
작가라고 부릅니다

원고지 1,000매를 쓰는 방법은 일단 원고지 1매를 쓰는 것입니다. 그리고 또 1매를 쓰고 또 1매를 쓰고, 1,000매가 될 때까지 1매씩 쓰는 방법밖에 없습니다. 목적지에 닿기 위해서는 왼발 앞에 오른발을 두고 다시 오른발 앞에 왼발을 둬야 합니다. 이걸 무수히 반복하다 보면 결국 목적지에 닿게 되죠.

원고지 1,000매를 쓰기 위해서는 일단 원고지 1매를 써야 합니다. 그리고 또 1매를 쓰고, 또 1매를 쓰고, 또 1매를 쓰고······. 1,000매가 될 때까지 1매씩 쓰는 방법밖에는 없습니다. 목적지에 닿기 위해서는 왼발 앞에 오른발을 두고 다시 오른발 앞에 왼발을 둬야 합니다. 이걸 무수히 반복하다 보면 결국 목적지에 닿게 되죠.

끊임없이 원고지 1매를 쓰는 일, 매일매일 오른발 앞에 왼발을 두는 일. 그것을 우리는 작업이라고 부릅니다. 작업은 꾸준히 행해져야 합니다. 기계처럼 작업하는 사람을 우리는 작가라고 부릅니다.

무라카미 하루키는 그의 책 〈직업으로서의 소설가〉에서 이렇게 말했습니다. "쓸 수 있을 때는 그 기세를 몰아 많이 써 버린다, 써지지 않을 때는 '쉰다'라는 것으로는 규칙성이 생기지 않습니다. 그래서 타임카드를 찍듯이 하루에 거의 정확하게 20매를 씁니다."

소설가 이언 매큐언은 이렇게 말했습니다. "저는 사무원처럼 일합니다. 다른 몇몇 작가들은 이런 식의 설명을 모욕적이라고 생각합니다. 하지만 저는 그걸 받아들입니다. 저는 마치 사무원처럼 일해요."
소설가 필립 로스도 이렇게 말했습니다. "저는 하루 종일 글을 씁니다. 아침, 오후, 거의 매일 글을 씁니다. 제가 2년 내지 3년 동안 그렇게 앉아 있으면, 마침내 한 편의 작품이 완성되지요."

꾸준하게 그리고 끊임없이 계속하다 보면 내 앞에 뭔가가 만들어져 있습니다. 뭔가가 만들어져 있다는 것. 그것만큼 설레고 근사한 일이 있을까요. 하루아침에 만들어지는 것은 없습니다. 어느 날 당신 앞에 나타난 '작품'은 당신이 지난 3년 동안 만들어 왔던 것입니다. 그것이 당신 앞에 그날, 비로소 등장한 것이죠.

우리가 작가라고 부르는 사람들은 하루에 100매를 쓰고 열흘을 쉬는 사람들이 아닙니다. 3년 동안 매일 10매씩 쓰는 사람을 우리는 작가라고 부릅니다. 하지만 그것이 당신 앞에 불현듯 등장하는 그날까지 당신은 고독할 것입니다. 외로울 것입니다. 때로는 절망 속에 허덕일 것입니다. 그래도 어쩌겠어요. 계속 써가는 수밖에요. 네, 맞습니다. 작가는 그런 직업입니다.

꾸준함이 당신의 실수를 줄여줄 것입니다. 복서는 상대방의 펀치가 날아오면 습관적으로 몸을 비틀어 피합니다. 말벌은 날아오는 곤충에게 기계적으로 침을 쏩니다. 고민하거나 망설이지 않죠. 그래서 실수가 없습니다.

꾸준한 작업을 위해선 컨디션 관리가 기본입니다. 일의 특성상 프리랜서는 생활이 불규칙해지기 쉽습니다. 밤샘하고 다음 날 늦게 일어나거나 아예 밤을 새는 경우가 많죠. 이런 리듬으로는 오래가지 못합니다. 정해진 시간에 아침밥을 먹고 야채와 과일을 섭취하고 날마다 조깅을 해야 하죠. 그리고 정해진 시간 동안 서재에 틀어박혀 책상 앞에 앉아 있어야 하고 정해진 시간에 잠자리에 들어야 하죠. 루틴을 만들지 않으면 컨디션을 유지할 수 없습니다. 작가는 로망이 아니라 현실이거든요.

우리가 만들어 낸 작품이 모두 만족스러울 수는 없습니다. 내가 원하는 일을 할 확률도 생각보다 낮아요. 루틴을 만들지 않으면 스스로에게 실망하고 의욕도 떨어집니다. 소득면에서도 좋지 않습니다. 내일 작업량을 위해 오늘의 에너지를 아낄 수 있는 사람이 10년이고 20년이고 일을 할 수 있을 것입니다.

작가에게 작품은 '해야 할 일' 그 이상도 그 이하도 아닙니다.

중요한 것은
멈추지 않는 것이죠

"작가님은 뭔가를 끊임없이 만들어 내잖아요. 그건 열심히 한다는 것이고, 신뢰할 수 있다는 말이죠."

지금까지 일을 해 온 최근 몇 년 동안 클라이언트들에게 가장 많이 듣는 말입니다. 이 말을 들을 때마다 '이 바닥에서 그럭저럭 인정받고 있구나'하는 생각이 들면서 조금이나마 안도의 한숨을 내쉬게 됩니다.

20년 가까이 프리랜서로 일해 오며 가장 힘든 부분은 '끊임없이' 뭔가를 만들어 내야 한다는 것이었습니다. 게다가 그 결과물들은 최소한 80점 이상은 되어야 하죠. 물론 100점이면 더할 나위 없이 좋겠지만 어쨌든 '버려지지' 않을 정도의 점수는 80점이라고 저는 생각합니다. 프리랜서는 부레가 없는 상어 같아서 계속해서 지느러미를 흔들지 않으면 바닥으로 가라앉고 맙니다. 계속 떠 있지 않으면 죽고 마는 것이죠.

'한 방이란 없다'는 사실도 깨닫게 됐습니다. 물론 있겠지만 그건 정말 복권에 당첨될 확률과 비슷하죠. 벽돌을 쌓듯 차근차근 쌓아 나가야 합니다. 그래서 여러 가지 삶의 방식 가운데 가장 우선적으로 확립해야 하고 가장 앞머리에 놓아야만 할 덕목이 꾸준함일 것 같습니다. 중요한 것은 멈추지 않는 것이죠. 일하기 싫은 날에도 정해진 시간 동안 정해진 양의 작업을 해야 합니다. 일이 잘 풀려 더 일하고 싶어도 적당한 선에서 그만두는 것이 좋습니다. 그래야 다음날도 지치지 않고 작업할 수 있으니까요.

꾸준히 달리다 보면 어느 순간 달리기 기량을 갖추게 된 자신을 발견하게 되고 약간이나마 수월하게 달릴 수 있는 요령도 생기게 됩니다. 이 과정에서 기쁨이라는 감정도 느끼게 되고요. '어떻게 하다 보면 되겠지'라는 자세로는 아무 일도, 어떤 성취도 생기지 않습니다. 일을 오래하기 위해서 필요한 건 열정보다는 기계적인 습관입니다. 왜냐하면 내가 원하는 작품을 만들고 만족할 가능성이 10퍼센트도 안되기 때문입니다. 그럴 때면 정말 자존감이 떨어지고 스스로에게 실망을 크게 하게 되거든요.

산다는 건 장기전입니다. 단숨에 건너갈 수 있는 것이 아닙니다. 수천만 번의 작은 걸음들이 필요합니다. 앞으로 나아가는 가장 기본적인 방법은 왼발 앞에 오른발을 두고, 다시 오른발 앞에 왼발을 두는 것이었습니다. 톱니바퀴는 계속 돌아가야 톱니바퀴입니다. 그러니까 뭔가를 계속

해서 만들어야 한다는 고단함과 스트레스를 극복하는 방법은 아이러니
하게도 계속해서 뭔가를 만들어 내는 것밖에 없는 것 같습니다.

우리가 지금 살고 있는 시간은
우리가 이미 보냈던 시간들이다

무리. 無理. 사전적 의미는 '도리나 이치에 맞지 않거나 정도에서 지나치게 벗어난다'는 뜻이다. '무리한다' '무리다' 등등 어떤 일을 하기가 어려울 때, 불가능하게 여겨질 때 이 말을 쓴다. 하기 싫을 때 핑계대는 말로 사용하기도 한다.

무리는 되도록 안 하는 게 좋겠지만, 그래도 젊었을 때는 조금 무리할 필요가 있는 것 같다. 더 이상 못하겠다고 주저앉는 순간, 그 순간 이를 악물고 다시 일어서서 1미터를 전진시켜야 한다. 그 1미터가 실력이 되어 쌓인다. 무리해야 했던 그 부분이 내가 모자라는 부분인데, 나는 그 '무리'를 통해 부족한 부분을 채워 넣을 수 있는 것이다.

말이 조금 옆으로 새는 것 같지만, 20대, 30대 때 열심히 여행 다니고, 책 많이 읽고, 연애도 많이 하고, 좋은 음악 많이 듣고, 공연장도 열심히 쫓아다녀야 한다. 할 거 안 할 거 다 해 봐야 한다. 그때 듣고 보고 먹은 것들이 다 취향이 된다. 많이 접해 봐야 자기 취향을 발견할 수 있고 취향이 있으면 좀 더 품위 있고 멋있는 인생을 살 수 있다.

사람들은 저마다 각자의 그릇을 가지고 있다. 그 그릇만큼 생각하고 행동하고 딱 그만큼만 산다. 20대와 30대에 가능하면 이 그릇을 최대한 넓히고 많이 담아 둬야 한다. 나이 들면 이 그릇에 담긴 걸 꺼내 먹으며 살아야 하니까. 미니멀리즘, 심플한 인생은 나이 더 들어서 이미 해 볼 거 다 해 본 다음에 하는 거다.

세상은 그렇게 허술하지 않다. 적당히 해서 되는 것도 있지만, 적당히 한 것들은 딱 적당한 수준에만 그치게 된다. 지금에야 뒤돌아보니 너무 쉽게 타협한 것이 아닌가. 더 고집을 부렸어야 하는 게 아닌가 하는 생각이 자주 든다. 우리가 지금 살고 있는 시간은 우리가 이미 보냈던 시간들이다.

에스프레소는
에스프레소 잔에

아침에 일어나 가장 먼저 하는 일은 에스프레소 한 잔과 초콜릿 한 조각을 먹는 것입니다. 뜨겁고 진한 에스프레소 한 잔을 홀짝이고 달콤한 초콜릿을 우물거리다 보면 그제서야 뇌가 작동하는 것 같습니다. 밤새 멈춰 있던 톱니바퀴들이 우웅-하는 소리를 내며 돌아가기 시작하는 것이죠. 자, 이제 시작해 볼까.

매일 아침 에스프레소를 마시다 보니 잔의 역할이 얼마나 중요한지 알게 됐습니다. 같은 에스프레소라도 커다란 홍차 잔에 마시면 맛이 없더군요. 향도 옅고 맛도 덜했습니다. 김빠진 맥주를 마시는 것 같았습니다. 종이컵에도 따라 마셔 봤는데, 한약처럼 쓴맛만 올라오더군요. 역시 에스프레소는 에스프레소 잔에 마셔야 합니다.

모든 내용은 각자에게 알맞은 형식을 지니고 있는 것 같습니다. 시는 시라는 형식 속에 들어가야 가장 아름답고 축구는 역시 축구장에서 해야 가장 재미있죠. 형식은 곧 표현이니까요. 에스프레소 잔은 에스프레소라는 내용을 가장 잘 표현하기 위해 오랜 시간 동안 수많은 시행착오를 통해 만들어진 형식이자 표현인 것이죠.

무슨 책을 쓸 것인가를 생각했다면 어떤 방식으로 쓸 것이며 어떤 모양을 만들 것인가를 함께 고민해야 할 것입니다. 아마추어는 책상과 탁자를 만들지만 프로페셔널은 공부를 위한 책상, 회의를 위한 탁자를 만들죠. 표현이란 쉽게 할 수 있는 것이 아닙니다. 정말 어려운 것이고 상당 기간의 숙련을 필요로 합니다. 그러고 보니 프로페셔널은 어쩌면 내용보다 형식을 더 고민하는 사람인지도 모르겠네요.

돈을 벌면
기분이 좋잖아요

원고료가 들어오면 기분이 좋다. 돈이 생겨서 좋은 것도 있지만, 내가 돈을 벌고 있다는 사실에 기분이 좋은 것이다. 지금까지 돈은 내게 거짓말을 하지 않았다. 딱 내가 일한 만큼만 들어왔다. 열심히 일한 달은 많이 들어왔고 게으름을 피운 달은 그만큼 적게 들어왔다. 내가 모르는 곳에서 도망치고 있는 돈은 없었고 나 몰래 불어나고 있는 돈도 없었다. 통장은 내가 일한 만큼 대가를 받고 있다는 것을 깨닫게 해 주었고 잔액은 내가 노동하며 살아가야 한다는 사실을 실감할 수 있게 해 주었다.

작업실에서 하루 종일 원고를 쓰다 보면 녹초가 된다. 허리가 아프고 어깨가 뻐근하다. 평소 택시비가 아까워 잘 타지는 않지만 원고 마감으로 지친 날에는 택시를 탄다. 뒷자리에 앉아 라디오를 들으며 집으로 가다 보면 오늘은 이 돈 때문에 집에 편히 갈 수 있어 좋다는 생각이 들어 마음이 약간은 넉넉해진다. 돈을 벌기 위해 고생하지만 번 돈을 쓸 때는 뿌듯하다. 그게 어쩌면 돈이 가진 매력 아닐까.

내가 여행을 하고 글을 쓰고 사진을 찍어 내 생계를 유지할 수 없었다면 지금까지 수많은 회의가 들었을 것이다. 지금까지 여행작가로 살아오면서 느낀 건 무조건 글을 써서 자기 생계를 유지할 수 있어야 한다는 것.

그렇지 못하다면 끝없는 회의에 빠지게 되고 결국 포기할 수밖에 없을 것이다.

돈이 없다면 좋은 아이디어가 있어도 실현하기가 힘들다. 더 좋은 여행을 하고 더 좋은 결과물을 만들기 위해선 돈이 필요하다. 우리가 추구하는 본질을 계속 추구하기 위해서는 세속적인 것이 뒷받침되어야 한다는 걸 인정하자. 그리고 그건 바로 돈이다. 돈이 없다고 여행을 할 수 없는 건 아니지만 돈 없이 떠난 여행은 우리를 절망적으로 만들 확률이 아주 높다.

돈을 많이 받는다는 것은 아주 좋은 일이다. 내가 지금까지 거기에 걸맞는 실력과 실적을 쌓아 왔다는 뜻이니까. 원고 청탁을 받으면 반드시 고료를 물어본다. "원고료는 얼마죠?" 많은 프리랜서들이 이 말 하기를 망설이지만 그러지 마시길.

예술가라고 거만 떨지 말자. 우리가 작업을 지속적으로 하지 못하는 이유는 예술적 영감과 재능 부족 때문이 아니라 돈이 부족해서일 경우가 많다. 원고는 돈이 만든다. '비즈니스=돈'이다. 내가 제시하는 금액은 내가 가진 자신감과 실력이다. 무료 봉사는 아마추어나 하는 짓이다.

비난하는 사람은
늘 있게 마련입니다

우리는 비난받으면서 살아갑니다. 네, 그렇습니다. 지금도 누군가는 어느 모퉁이에 숨어서 나를 비난하고 있을 겁니다. 저 역시 오늘 누군가를 비난했던 것 같습니다. "에이, 그 친구 사진은 정말 엉망이야. 아무런 필(feel)이 오지 않는다고" 이렇게 말해 버리고 말았죠. 아차 싶었지만 말은 이미 제 입을 떠난 뒤였습니다. 아마도 그 말은 돌고 돌아 그 친구에게 전해질 겁니다. 자, 인정해야 할 건 인정하자고요. 우리는 비난하고 비난받으며 살아가고 있습니다.

직업이 직업이다 보니 이런저런 비난을 늘 귀에 달고 사는 편입니다. 원고가 짧네 기네, 감상적이네 지루하네, 사진이 평범하네 구도가 잘못됐네, 깊이가 있네 없네, 색감이 유행에 뒤처진 거 아닌가 등등등. 작업과는 별 상관이 없는 소리도 많이 듣습니다. 옷차림이라든지 뭐 그런 자질구레한 일들에 대해서도 말이죠. '아니, 뭘 이런 걸 가지고 트집이야' 하는 소리가 절로 나올 정도로 유치한 말도 많이 듣습니다.

처음에는 견디기 힘들었죠. 손을 부들부들 떨며 복수하고 말거야 하고 이를 부드득 갈 정도는 아니었지만, 억울한 마음에 밤잠을 설친 적이 많았습니다. 지금은 어떠냐고요? 그냥 그러려니 합니다. 그렇다고 비난의

양이 줄어들었다는 건 아닙니다. 내성이 생긴 거죠. '내가 뭘 하든 싫은 소리, 나쁜 말을 듣게 되어 있어' 하고 생각하게 되었습니다. '어차피 모든 사람을 만족시킬 순 없는 거 아니겠어? 그러니까 내가 쓰고 싶은 것 쓰고 찍고 싶은 것 찍자고. 내 스타일대로 가자'라고 마음먹고 있습니다.

비난에는 비난하는 사람의 지극히 '개인적인 이유'가 있으리라 생각합시다. 그냥 제가 싫은 거겠죠. '난 라면보다는 우동이 좋은데……'에 논리를 기대해서는 안됩니다. 그리고 어차피 제 직업이 불특정 다수를 상대하는 직업이기 때문에 살아가기 위해서는 비난에 대한 각오 정도는 어느 정도 해 둡니다. "적극적으로 남을 비난하는 인간이란 주로 남에게 불쾌감을 주는 것을 통해 희열을 얻으려는 인종이고, 어디 그럴 만한 기회가 없는지 늘 눈을 번득이고 있는 것이다. 따라서 상대가 누가 되었건 상관없는 것이다" 히가시노 게이고의 소설 〈악의〉를 읽다가 무릎을 탁, 쳤죠. '남을 비난하는 것으로 희열을 얻으려는 인간'은 어디에나 존재하는 법입니다.

말이 나온 김에 조금 더 해 보자면 남을 비난하는 사람은 자기 일과 신념에 확신과 자긍심이 없는 경우가 많습니다. 자기에 대한 확신이 명확한 사람은 남을 비난하거나 공격하지 않습니다. 그런 사람들은 비판하죠. 비난과 비판은 엄연히 다른 겁니다.

남한테 신경 쓰며 이것저것 맞춰 주다 보면 제 스타일만 망가집니다. 스텝이 엉키고 리듬이 흐트러져 버리죠. 그냥 내가 하고 싶은 것을 내 방식대로 하면 됩니다. 아무에게도 상처를 주지 않고 살아갈 수 없는 것이 인생이듯, 아무도 비난하지 않고 아무런 비난을 받지 않고 살아갈 수 없는 것 또한 인생인 것입니다. 이것저것 신경쓰며 살기엔 우리에게 남아 있는 시간이 너무 짧습니다.

하나를 준다고
하나를 얻는 건 아니더라고요

세상의 물건은 단 두 가지가 존재하더라고요. 내가 가질 수 있는 것과
내가 가질 수 없는 것. 내가 가질 수 있는 차가 있고, 내가 타볼 수 있는
차가 있더라고요.

가질 수 없는 것을 가지려고 할 때 스트레스와 불만이 쌓이더라고요. 안
되는 게 있고, 가질 수 없는 게 분명 있더라고요. 그걸 인정하고 구분하
고 받아들이고 나니 인생이 좀 심플해지더군요.

가질 수 없을 줄 알았는데 가지게 될 때도 있습니다. 그땐 '아, 내가 운
이 좋았구나' 하고 생각해 버렸습니다.

이것도 깨닫게 됐습니다. 하나를 내어준다고 하나를 얻을 수 있는 건 아
니지만 하나를 얻기 위해서는 내가 가진 하나를 꼭 내놓아야 한다는 것.
이걸 알게 되니 인생이 더더더 심플해지더군요.

그때 거절했더라면
불면의 밤을 보내지 않아도 되었을 텐테

우리는 거절할 권리를 가지고 있습니다.

약속을 어기는 것보다 거절하는 것이 낫습니다. 확실하게 거절해야 합니다. 애매한 태도로 거절하면 상대방은 혹시나 하는 기대를 가지게 되고 미련을 못 버리게 됩니다. 단호하게, 하지만 정중하게 거절하도록 합시다. 그래야 상대방도 새로운 방법을 찾을 수 있을 테니까요. 거절이 곧 배려입니다.

거절을 못하는 사람을 많이 봅니다. 저 역시 그랬습니다. '그때 거절했어야 했어' 하며 전전긍긍한 날이 하루 이틀이 아니었습니다. 처음부터 '제가 할 수 없는 일입니다' 하고 딱 잘라 거절했어야 했습니다. 그랬더라면 걱정의 낮, 불면의 밤을 보내지 않아도 되었을 텐테 말입니다.

거절을 못하는 사람들 대부분이 착하다는 말을 듣고 싶어 하는 것 같습니다. 갈등을 만드는 것을 두려워하기도 하고요. 이들은 가끔 잠수를 탑니다. 연락이 되지 않아 발을 동동 구르게 할 때가 많죠.

아마 상대방도 무리한 부탁일 거라는 걸 알고 있으면서 당신에게 부탁할 것입니다. 이런 사람들은 자기중심적이며 자기 이익만 챙기는 사람입니다. 당신이 시간과 노력을 허비해 가며 그들의 부탁을 들어주어도 당신에게 돌아오는 건 '넌 역시 좋은 사람'이라는 입에 발린 말뿐일 겁니다. 이들에게 내 사정을 들어가며 거절해 보아도 '변했다'는 원망뿐일 겁니다. 이런 사람들과는 사이가 틀어져도 괜찮습니다. 그들에게는 차라리 나쁜 사람이 됩시다.

우리가 행복해지는 첫걸음은 하고 싶은 일을 하는 것이 아니라 하고 싶지 않은 일을 하지 않는 것에서 시작합니다. 거절은 나를 더 이상 소모시키지 않는 권리이자 최선의 방법입니다. 거절을 잘할수록 인생이 편해집니다.

비관이라는 현미경,
낙관이라는 망원경

일을 할 때 우리는 약간 비관적이 되어야 한다. 그게 훨씬 도움이 된다. 우리는 알고 있다. 원대한 구상 단계를 지나 일에 대한 구체적인 설계와 진행 단계에 들어가면 말 그대로 지옥문이 열린다는 것을. 구상은 바뀌고 계획은 변경된다. 이때부터 자기가 가진 능력에 대한 의문이 들기 시작한다. '과연 잘할 수 있을까', '이 일을 끝낼 수 있을까'.

이 비관이 우리를 냉정하게 한다는 사실을 인정하자. 계획을 세우게 만들고, 방향을 수정하게 하고, 디테일을 볼 수 있게 한다. 잠깐 멈춰서서 주위를 둘러보게 만든다. 도움을 청하게 하고 비판을 받아들이게 한다. 우리는 비관이라는 현미경을 들고 조금씩 일을 전진시켜 간다.

비관하는 가운데 낙관을 가져야 한다. 그래야 일을 끝까지 밀고 나아갈 수 있다. 우리를 성장시키는 건 비관이지만 앞으로 나아가게 하는 건 낙관이다. 파울로 코엘료도 〈연금술사〉에서 이렇게 말했다. "인생을 살맛 나게 해 주는 건 꿈이 실현되리라고 믿는 것 때문이지."

나쁜 일이 일어났다면 잠깐 나쁜 일에 휘말렸다고 생각해 버리자. 실수했다고 여기자. 때론 운이 나빴다고 말해 버리자. 운이 나쁘다는 건 좋을 수도 있다는 거 아닐까. 내가 가는 길의 모든 신호등이 파란불이 되는 때는 없다. 빨간불에 반드시 걸리게 되어 있다. 인간은 좋은 일만 겪으며 살 순 없는 법이다.

'잘될 거야'. 어려운 일이 있을 때마다 속으로 이렇게 되뇌지 않았다면 인생이라는 크고 무거운 공을 이 언덕까지 굴려 오지 못했을 것이다.(물론 앞으로도 몇 개인지도 모르는 언덕이 남아 있겠지만.) 내일은 오늘보다 조금 더 좋아지겠지. 그저 서서히 좋아질 거라는 믿음이 있기 때문에 다음 것을 할 수 있는 것이다. 이 소나기만 지나면 해가 뜰 것이라는 믿음이 있기 때문에 우리는 소나기를 맞을 수 있다. 언젠가는 잘될 거야. 지금 안되고 있을 뿐이야.

비관이 현미경이라면 낙관은 망원경이다. 망원경으로 수평선 너머를 보아야 섬을 발견할 수 있지 않을까.

먹기 좋은 온도

성격이 급한 편이다. 먹는 일에서도 그렇다. 밥도 빨리 먹는다. 펄펄 끓는 뚝배기에 든 국밥을 먹다가 입천장을 데는 일이 잦다. 조금만 기다렸다가 식고 나서 먹으면 될 걸. 알면서도 잘 안 된다.

세계를 여행하며 많은 음식을 맛보았는데 하나같이 먹기 좋은 온도를 가지고 있었다. 일본의 라멘과 우동, 이탈리아의 파스타, 헝가리의 굴라시, 미국의 치킨 수프는 지나치게 뜨겁지 않았고 차갑지도 않았다. 뚝배기에 담겨 펄펄 끓는 채로 나오는 한국의 국밥도 처음부터 이렇게 뜨겁지는 않았다고 알고 있다. 그릇에 미리 담아 둔 밥과 고기에 국물을 부었다 내렸다 토렴을 하며 먹기 좋은 적당한 온도를 맞춰 냈다.

요즘 어떤 일을 하나 진행하고 있다. 처음 일을 제안한 사람을 만났을 때 열정에 넘치는 그의 목소리와 기대에 들뜬 눈빛은 성공을 확신하고 있었다. 그가 보여준 무례한 태도는 자신감이라고 여기고 넘겼다.

시간이 지나며 일이 조금씩 진행되고 있다. 우리는 각자의 생각과 이상, 재능을 조금 더 자세히 파악하게 됐고, 꿈꾸고 있는 미래에 대한 비전을 서로 공유하게 됐다. 그러면서 열정은 조금씩 식어 갔다. 하지만 이게

나쁜 일만은 아닐 것이다. 자연스러운 일이다. 열정은 식었지만 그만큼 냉정을 되찾게 됐다. 다행히 호기심은 그대로 유지하고 있다.

열정이라는 것은 응원단과 같다. 부추길 때는 힘차게 피리를 불지만, 실수를 하면 얼굴을 싹 바꾸고 비난하기에 바쁘다. 열정도 좋지만, 비즈니스는 열정만 가지고 할 수 있는 것이 아니다.

며칠간 일어났던 머리 아픈 일을 뒤로 하고 오사카에 왔다. 여기는 난바의 어느 골목 귀퉁이에 자리한 조그마한 우동집. 사케를 곁들여 유부우동을 먹고 있다. 국물의 온도는 적당하다. 국물 한 모금을 마시고 생각한다. 열정이라는 세찬 바람이 한차례 지나갔다. 나는 지금 여러 갈래로 펼쳐진 길 앞에 서 있다. 모든 길을 가 볼 수는 없다. 용기를 가지고 어느 한 길을 선택해 걸어가야 한다. 해야 할 일을 착실하게 해나가다 보면 좋은 결과가 있을 것이다. 서두르지 말자. 음식을 맛있게 먹기 위해선 먹기 좋은 온도가 될 때까지 기다리는 일도 필요한 법이다.

단순한 것이
아름답다

옷, 신발, 가방, 의자, 자동차 등 생활에서 사용하는 모든 제품을 고를 때 가장 우선으로 고려하는 것 가운데 하나가 디자인이다. 그렇다고 내가 디자인에 대한 탁월한 안목이나 깊은 이해를 갖추었다는 건 아니다. 살면서 이런저런 물건들을 사용하다 보니 자연스럽게 기준이라는 것이 생겼는데, 그 기준에 기초해 물건을 고르다 보니 한결 생활이 편해졌고 멋있어졌다. 그래서 그 기준을 물건 고르는 데 계속 적용하고 있다. 그 기준이란 건 되도록이면 단순하고 간결한 것을 고른다는 것이다. 단순한 것은 쓰기 편하고 간결한 것은 아름답다.

단순하고 간결한 것을 고른다는 기준은 음식에도 고스란히 적용된다. 양념으로 버무린 음식보다는 재료의 묘미를 살린 음식이 좋고 그것을 간결한 방법으로 조리한 것이 더 맛있다. 미야기현 오사키시에 자리한 소바집 '덴덴'(田傳)은 어머니와 아들 둘이 운영하는 소바집이다. 소바 샐러드와 붓카케 소바, 모리 소바 등으로 이루어진 소바 코스 요리가 맛있다. 메밀을 껍질째 갈아 면을 만드는데, 색깔이 거뭇거뭇하고 맛이 진하다. 식당 뒤편에는 직접 재배하는 넓은 메밀밭이 있다. 물론 면을 만들 때 이 메밀을 사용한다. 주인에게 맛있는 소바를 만드는 법을 물었더니 이렇게 대답했다. "먼저 좋은 메밀이 중요하죠." 이 집은 메밀과 밀가

루를 10대1 로 섞는다. 이를 '도이치'(外一)라고 부른다.

오늘 묵고 있는 곳은 일본 미야기현 게센누마라는 항구다. 저녁을 '고다이'(こうだい)라는 식당에서 먹었다. 주방장이 썰어 준 가다랑어회가 정말 맛있었다. 주인장이 말했다. "게센누마는 일본에서 가다랑어가 가장 많이 잡히는 곳이죠. 우린 매일 신선한 가다랑어를 구할 수 있습니다." 회와 함께 먹은 사케 '미즈토리키'(水鳥記)는 향이 짙었고 맛이 달았다. 여운은 길어서 혀끝에 오래 맛이 남았다. "미야기는 일본에서 가장 좋은 쌀과 가장 좋은 물을 구할 수 있는 곳입니다." 자리를 함께 한 미야기현 토박이는 사케가 맛있는 이유를 이렇게 설명했다.

재료가 좋으면 맛있는 음식을 만들기 수월하다. 이 말은 기본이 잘 되어 있으면 동일한 양의 노력을 투자했을 때 좋은 결과물을 만들어낼 확률이 높아진다는 말일 것이다. 그런데 이 기본은 갖추기가 참 어렵다. 오랜 기간 동안 꾸준히 연습해야 하고 열심히 노력해야 한다. 있어도 별로 표가 안 나는 것이 기본이지만 없으면 금방 표가 나는 것이 또 이 기본이라는 것이다.

오랜 시간 일을 해 오면서 깨달은 건 기본기 없이는 단순해지기 어렵다는 것. 단순해지지 않으면 아름다울 확률이 적어진다는 것. 화려하고 어려운 것은 거짓말일 확률이 높다. 메밀 맛만 남은 메밀이, 회 맛만 남은 회가, 사케 맛만 남은 사케가 가장 맛있고 아름답다.

북극곰은 북극곰의 인생을,
얼룩말은 얼룩말의 인생을

주위에 열심히 하지 않는 친구들이 몇 있다. 좋은 대학 나오고 유학까지 다녀왔다. '츄리닝' 입고 동네를 어슬렁거리며 과외를 하고 산다. 취직도 하지 않았다. 그다지 많이 벌지는 못하는 것 같다. 딱 자기 먹고 살 만큼만 벌고 산다. 돈이 좀 모이면 주저 없이 여행을 떠난다.

왜 그렇게 살아? 좋은 회사에 취직할 수도 있잖아.
아니, 난 그냥 이렇게 사는 게 좋아. 편해.
공부한 게 아깝지 않아?
그런 생각은 안 해 봤어. 그냥 공부가 재미있어서 했던 것뿐이야.

이제 그 친구들이 이해가 된다. 누군가 내게 왜 그렇게 여행하며 살아? 하고 물었을 때 나도 그렇게 대답했으니까. 아니, 난 그냥 여행하는 게 좋아.

그들이 나보다 잘 살고 있는 것 같진 않지만 내가 그들보다 잘 살고 있는 것 같지도 않다. 내가 그들보다 행복한 것 같지도 않고 그들이 나보다 불행한 것 같지도 않다. 북극곰은 북극곰의 행복과 고충을 가진 채 북극곰의 인생을 살고 있고 얼룩말은 얼룩말의 기쁨과 불만을 가진 채 얼룩말의 인생을 살고 있을 뿐이다.

모두 다 가질 순 없다. 하나를 가지기 위해선 하나를 포기해야 한다. 다 가질 수 없다는 생각으로 살면 생이 심플해지고 편해진다. 그만큼 각오도 되고 시야도 넓어진다. 무지개가 뜨면 무지개가 뜬 이유를 분석하는 것도 필요하지만 때론 무지개를 즐기는 것도 필요하지 않을까. 한 손은 쥐고 한 손은 펴자.

뜻대로 된다면
인생이 아니겠죠

여행을 떠날 때 준비를 치밀하게 하는 편입니다. 여행지에 대한 정보를 수집하고, 세밀하게 동선을 짜고, 비행기와 버스, 열차 시간표를 거듭 확인합니다. 인터넷으로 미리 예약한 숙소를 다시 한번 확인하고, 식당과 먹을거리 정보를 검색합니다. 그리고 날짜별로 프린트해서 수첩에 붙입니다. 자, 이제 출발.

하지만 계획대로 되는 건 아무것도 없더군요. 비행기는 연착이라서 환승 공항에 도착하자마자 헐레벌떡 뛰어야 합니다. 숙소에 도착하니 인터넷에서 보던 것과는 전혀 딴판입니다. 프런트 직원은 불평을 쏟아놓는 내게 어깨를 으쓱하고는 끝입니다. 나보고 어떡하라고. 꼭 가보리라 작정했던 식당도 사라져 버렸네요. 날씨도 엉망입니다.

무거운 배낭을 짊어지고 이 골목 저 골목 돌아다니며 겨우 숙소를 구했습니다. 짐도 풀지 못하고 광장 벤치에 앉아 스마트폰으로 급히 기차를 예매합니다. 편의점에서 사온 샌드위치로 겨우 허기를 때웁니다. 다시, 모든 것이, 원점입니다. 동이 터 옵니다. 자, 이제 어디로 갈까.

그나마 다행스러운 건 방금 카페가 문을 열었다는 사실. 김이 모락모락 피어오르는 커피 한 잔이 위안입니다. 손바닥을 지나 심장으로 전해지는 온기. 그래, 역시 저는 그다지 정교한 인간은 아닌 것입니다. 여행이 다시 한번 그걸 깨닫게 해 주네요. 일정대로 되면 여행이 아니고 뜻대로 된다면 인생이 아니겠죠.

맛없는 음식을 먹기엔
아까운 것이 인생이지

가고시마 시내에 '유도우후곤효우에'라는 이자카야가 있다. 온천물로 끓여 내는 두부전골과 꼬치 등을 판다. 생긴지는 60년 정도. 처음 생겼을 때와 메뉴가 크게 달라진 건 없다고 한다. 자리에 앉으면 흰머리 가득한 할머니가 술을 따라 주고 안주를 직접 내준다. 관광객들은 거의 찾지 않는 곳이다.

나와 두 요리사는 온천 두부전골 하나를 시켰다. 냄비 속에는 두부가 푸짐하게 담겨 있고 쑥갓과 콩나물이 그득하게 올려져 있다. 밤이 점점 깊어 간다. 두부전골은 보글보글 끓고 있고 우리는 따뜻한 오유와리를 시킨다. 할머니가 넘칠 듯 소주를 따라 준다. 이것저것 꼬치도 시킨다. 옆에 앉은 일본 할아버지가 여긴 어떻게 알고 왔느냐고 묻는다. "지나가다가 우연히 들렀어요." 할아버지는 "난 여기 20년째 단골인데 온천 두부 맛이 하나도 변하지 않았어. 처음부터 지금까지 여전히 최고야"하며 엄지손가락을 치켜세운다.

우리는 천천히 오유와리를 마신다. 삶이 소모되고 있다는 걸 알기에 먹고 마시는 것이다. 따뜻한 소주 한 잔을 들이켜고 잘 구운 생선살을 발라먹다 보면 그럭저럭 인생이 견딜 만하다는 생각이 든다. 여기는 가고시마의 어느 구석진 이자카야. 손님은 쉴 새 없이 들락거리고 문밖으로 트램이 지나가는 소리가 들린다. 그제서야 두 요리사에게 물어본다. 왜 요리를 시작하게 됐는지.

"뭐 꼭 거창한 이유가 있을까요. 그냥 어떻게 하다 보니 요리를 시작하게 됐고, 요리를 하다 보니 요리사가 된 거죠. 요리사로 살다 보니 요리를 계속하고 있는 것이고요." 레이먼 킴이 말했고 박찬일은 고개를 끄덕이며 "그래"하고 나지막이 말했다. "인생은 짧으니까, 그래서 맛없는 음식을 먹기엔 아까운 것이 인생인 거지." 주인 할머니는 조용히 빈 잔을 채워 주었다.

제4장

절망보다는 포트와인, 사랑보다는 에그 타르트

어딘가에는 반드시
무언가가 있다

아디스아바바는 어수선한 풍경이었다. 공항에서 호텔까지 가는 동안 차창 밖으로 스치는 풍경은 '새로운 꽃'이라는 이 도시가 품은 아름다운 의미와는 전혀 어울리지 않았다. 거대한 공사장 한가운데를 지나는 것 같았다. 도로는 곳곳이 포장 중이었고 건물은 여기저기 지어지고 있었다. 공사 중인 건물 가림막에는 '중국교통공사' '중국건설집단' 같은 중국 기업들의 이름이 붉은색 한자로 굵게 씌어 있었다. 중국 자본이 아프리카를 사들이고 있다는 말이 실감이 났다. 낡은 자동차들은 매연을 뿜으며 거리를 내달렸고 염소 떼는 인도 한쪽을 차지하고서는 게으른 표정으로 되새김질을 하고 있었다.

"일단 커피부터 한잔하시죠." 가이드 바유(Bayu)가 말했다. 맞다. 에티오피아에 왔으니 커피부터 마셔야지. 예가체프, 시다모, 하라르 등 우리가 익히 들었던 커피가 이곳 에티오피아에서 재배된다. 게다가 에티오피아는 커피를 가장 먼저 발견한 곳이다. 목동 칼디가 아비시니아(Abyssinia) 고원에서 붉은 열매를 깨물어 보지 않았다면 우리는 졸리고 지루한 아침 회의를 어떻게 견딜 수 있었을까.

바유가 안내한 곳은 '토모카'(Tomoka)라는 카페였다. "에티오피아에서 가장 인기 있는 커피 프랜차이즈예요. 에티오피아의 스타벅스라고 보면 되죠. 마키야토가 가장 맛있어요." 카페는 1920년대 이탈리아 카페 분위기로 꾸며져 있었다. 우리나라 카페처럼 푹신한 의자와 테이블이 갖춰진 카페가 아니었다. 손님들은 카페에 서서 커피를 홀짝이고 있었다. 신문을 보는 사람도 있었고 우두커니 서서 창밖을 바라보는 이들도 있었는데, 모두들 10분이나 15분 정도 커피 한 잔을 마시고는 후다닥 일어났다.

유리잔에 담긴 짙은 갈색의 액체, 그러니까 토모카의 마키야토는 지금까지 먹어 본 마키야토 중에 가장 맛있었다. 뭐랄까, 지금까지 내가 모르는 고유한 방식의 마키야토가 비행기로 열네 시간 거리에 존재하고 있었던 것이다. 게다가 토모카의 마키야토는 가격도 놀라워서 한 잔이 고작 12비르(Birr, 1비르=약 45원)였다. 나는 바유를 향해 엄지손가락을 치켜올렸다. "정말 맛있어요." 바유가 흐뭇한 웃음과 함께 고개를 끄덕였다.

여행을 할 때마다 '세상에 이런 게 있었다니!' 하는 놀라움을 느끼고, 그 것이 바로 여행이 우리에게 주는 가장 큰 선물이라고 생각하는데, 이 마 키야토는 그런 감정을 다시 느끼게 하는데 충분했다. 무라카미 하루키 가 말했듯, 어딘가에는 반드시 무언가가 있는 것이다. 그게 우리가 문을 열고 여행을 떠나야 하는 이유이기도 하고.

각자의 인생에는
각자에게 일어날 만한 일만 일어난다

남아프리카 공화국에 다녀왔다. 가기가 만만찮은 곳이다. 인천에서 홍콩까지 4시간, 홍콩에서 요하네스버그까지 다시 13시간을 가야 한다. 첫 목적지였던 더반은 요하네스버그에서 국내선을 타고 1시간 20분을 더 가야 한다. 하지만 시작부터 일정이 꼬여 버렸다. 인천에서 비행기가 지연 출발하면서 홍콩에서 요하네스버그행 비행기를 그만 놓치고 만 것이다. 결국 에티오피아 비행기를 타고 아디스아바바까지 11시간을 날아가 다시 더반까지 6시간을 가야 했다.

여행이란 늘 이런 식이다. 전혀 생각지도 못한 곳에 우리를 내려다 놓고는 나 몰라라 해 버린다. 그래도 에티오피아는 예전부터 꼭 한번 가 보고 싶었던 곳이라 그럭저럭 참아줄 수 있었다. 아디스아바바행 비행기 안에서 담요를 부탁했지만 승무원은 담요가 없다며 대신 따뜻한 차를 마셔 보는 게 어떻겠느냐고 했다. 그녀는 진심으로 미안해했다. 나는 홍차를 마시고 잠들 수 있었다.

얼마나 지났을까. 스리랑카 콜롬보 상공을 지날 때쯤 눈을 떴는데 창밖으로 해가 떠오르고 있었다. 창문은 복숭아빛으로 물들었고 인도양은 햇살을 받아 반짝였다. 이런 풍경을 볼 수 있다는 것도 여행이 주는 행운이라는 생각에 기분이 약간 좋아졌다. 더 좋은 건 비행기가 일찍 도착해 시간이 조금 남았다는 것. 그래서 비록 공항에서지만 에티오피아 커피를 에티오피아에서 마실 수 있었다는 것. 커피는 기대보다 별로였지만 여기는 아디스아바바 공항이니까 이 정도쯤이야 뭐. 무시와 긍정이 없다면 우리는 수많은 여행을 어떻게 마칠 수 있었을까.

커피를 마시며 비행기를 기다리는 동안 쉼 없이 출발 안내 방송이 흘러나왔다. 사람들은 어디론가를 향해 가고 있었고 또 어딘가에서 돌아오고 있었다. 공항에 앉아 오가는 사람들의 발걸음과 표정을 바라보고 있으니 인생에는 그다지 좋은 일도 없고 그렇게 나쁜 일도 없다는 생각이 들었다. 각자의 인생에는 각자에게 일어날 만한 일만 일어난다. 조금만 애를 쓰면 그럭저럭 극복하며, 즐겨 가며 살아갈 수 있는 것이 또 인생인 것이다. 지금까지 여행을 하며 얻은 가장 큰 교훈은 이것이 아닐까 하며 나는 마지막 남은 한 모금의 커피를 마셨다.

쉬는 이유

'Sans le vide, il n'y a rien'라는 프랑스 속담이 있다. 해석하자면 '빈 공간이 없으면 아무것도 없다'는 뜻이다. 살다 보면 무언가를 채우는 것도 중요하지만 더 중요한 것은 빈 공간, 혹은 틈을 만드는 것이라는 사실도 알게 된다. 잘 쉬지 않으면 절대로 일을 더 잘할 수가 없다. 모든 부품에는 틈이 있어야 한다. 틈이 없는 톱니바퀴는 멈춰버리고 만다.

나는 일을 하지 말아야 할 때는 전혀 일을 하지 않는다. 직장에 다니는 분들이야 '당신이야 맘 편한 여행작가니까 그럴 수 있지'하며 고개를 절레절레 흔들 수도 있겠지만, 여행작가라는 직업도 나름의 고충이 있다. 프리랜서는 '다른 사람으로부터 의뢰받은 일을 하는 인생'이다. 클라이언트에게 밉보이면 일을 따낼 수가 없다. 하기 싫어도 일단 '네'하고는 일을 해야 하는 게 이 바닥 생리다. 어쨌든 일을 하지 않겠다고 마음먹는 데는 나로서도 상당한 손해와 피해를 감수할 각오를 한다는 뜻이다. 드물지만 비난받을 때도 있다.

나는 프로페셔널 여행작가인데, 이 직업은 1년 내내 여행과 사진과 글에 대해 생각하지 않으면 할 수 없는 일이다. 밥을 먹을 때도, 걸을 때도, 영화를 볼 때도, 음악을 들을 때도 여행 콘텐츠에 대해 생각해야 한다. 물론 소설가도 그럴 것이고 건축가며 디자이너, 작곡가, 화가도, 사업가도 그럴 것이다. 일본의 어느 작가에 따르면, 대부분의 프로 운동선수들은 자기 시간 중 20퍼센트를 시합에, 80퍼센트를 훈련에 투자한다고 한다. 반면 대부분의 직장인들은 자기 시간의 99퍼센트를 일에, 1퍼센트를 자기 계발에 투자한다. 선수로 치자면 연습도 하지 않고 시합에 들어가는 것이다.

내가 쉬는 이유는 간단하다. 훈련하기 위해서다. 겉으로는 미술관이나 콘서트장엘 가고 영화나 보며 빈둥거리는 것 같아도 실은 온 힘을 다해 영감을 얻기 위해 몸부림치고 있는 것이다. 좋은 아이디어는 그냥 생겨나지 않는다. 끊임없이 촉수를 세우고 있어야 나오는데, 남들이 보기에 빈둥거리는 행위가 사실은 고도의 아이디어 탐색 행위다. 나는 '잘 그렸어'라는 칭찬에 기분이 좋아지는 미대생이 아니라 돈을 받고 콘텐츠를 파는 프로페셔널이다. '적어도', '최소한' 100퍼센트는 해야 한다. 일에서 100퍼센트의 컨디션을 유지하기 위해 빈둥대는 것이다.

내가 쉬는 또 다른 이유는 내 인생을 사용하기 위해서다. 아마도 휴대폰에 응답 거절 기능이 있는 것도 이 때문일 것이다. 전화를 받기 싫으면

받지 말아야 한다. 마흔 넘어 마음속에 지니게 된 좌우명 두 개가 있는데, '정말 하기 싫은 일은 하지 말자'와 '웬만하면 택시 타자'다. 이 두 가지만 어느 정도 지켜도 인생이 훨씬 편해진다.

사진도 안 찍고 글도 안 쓰며 지내다 보면 인생이 그럭저럭 살 만하게 여겨진다. 마트에 가고 공원에서 자전거도 타고 도서관에서 책도 읽고 텃밭에서 방울토마토를 딴다. 한참을 여행작가라는 일과는 상관없는 삶을 살아가다 보면 이제 뭔가 해 봐도 될 것 같은데 하는 기분이 든다. 뭔가 내 마음속에 고이기 시작해 어느 순간 넘칠 듯 말 듯 찰랑거리는 걸 느끼는데, 그럴 때면 자, 이제 슬슬 움직여 볼까 하고는 주섬주섬 주위를 챙기기 시작한다.

일하는 시간도 중요하지만 아무것도 하지 않는 시간도 그에 못지않게 중요한 의미가 있다. 벽돌을 바로 만들어서는 사용할 수가 없다. 바람과 햇볕에 말려야 더 단단해진다. 일도 마찬가지. 이 과정이 없으면 더 좋은 결과물을 만들어 낼 수가 없다.

당분간 휴가다. 급하지 않은 일은 양해를 구하고 뒤로 미뤘다. 긴긴 여행을 떠난다. 카메라도 가져가지 않는다. 일을 더 잘하기 위해, 더 좋은 인생을 만들기 위해 나는 쉬러 가는 것이다.

저지르고
생각합니다

포르투갈 포르투와 리스본은 지금까지 가 본 유럽의 여러 도시 가운데
가장 아름다운 풍경을 보여 주었다. 도루강을 물들이던 보랏빛 석양과
맑은 종소리를 울리며 좁은 골목을 지나던 노란색 트램, 휘황한 햇살에
반짝이며 빛나던 푸른빛 아줄레주로 장식한 오래된 집들은 이 도시를
몰랐다면 이 생이 얼마나 후회스러웠을까 하는 생각마저 들게 할 정도
였으니까.

포르투갈은 아주 오래전부터 오고 싶었던 곳이다. 한 권의 소설 때문이
었다. 파스칼 메르시어의 〈리스본행 야간열차〉. 지금까지 지켜 왔던 정
돈된 삶을 내팽개치고 리스본으로 가는 열차를 탄 라틴어 교사 그레고
리우스의 이야기를 담은 이 소설을 읽는 내내 포르투갈이라는 나라로
가고 싶어 마음이 들썩였다.

어느 날 낯선 땅 리스본을 찾은 그레고리우스는 이렇게 말한다. "오늘
오전부터 제 인생을 조금 다르게 살고 싶다는 생각이 들었습니다. 새로
운 삶이 어떤 모습일지 저도 모릅니다만, 미룰 생각은 조금도 없습니다.
저에게 주어진 시간은 흘러가 버릴 것이고, 그러면 새로운 삶에서 남는
건 별로 없을 테니까요." 고전문헌학자로 57년 인생을 한 치의 어긋남도

없이 살아왔던 그레고리우스. 비행기나 기차를 타고 낯선 곳으로 떠나는 여행을 몹시도 꺼려했던 그는 다른 인생을 살고 싶다는 욕망으로 리스본으로 떠난다.

그 소설을 손에 쥐고 떠나온 도시 포르투. 세상에 이런 곳이 있다는 걸 몰라도 사는데 아무 지장이 없는 곳이 있다. 반면 지금까지 왜 이런 곳이 있다는 걸 몰랐지, 왜 이제서야 이런 곳에 오게 된 거지 하며 억울해하는 곳이 있다. 포르투 동루이스 다리에 서서 도루강을 물들이는 노을을 바라보며 나는 포르투갈이라는 곳에 이제서야 오게 된 것이 아쉬웠고, 이제라도 왔다는 것이 한편은 다행스러웠다.

후회할 각오가 되어 있고 견딜 자신이 있다면 저질러 보는 게 낫다. 그렇게 하지 않고서는 도저히 참을 수 없는 것이 이 세상엔 분명히 있으니까. 세상은 우리가 다가가지 않으면 진면목을 보여 주지 않는다. 여행이 가르쳐 주는 건 언제나 한 가지다. 저질러라, 그 다음에 생각하라. 그레고리우스의 말대로 시간은 흘러가 버릴 것이고 삶에서 남는 건 별로 없을 테니까.

포기할 땐 쿨하게,
멋 있잖아요

최선을 다했는데도 안됐다면, 그 일은 원래부터 안되는 일이었을 확률이 높다. 안되는 일은 원래 안되게 되어 있었던 거다.

포기할 땐 쿨하게 포기하자. 메시나 호나우두는 멋진 슛을 쏘고도 들어가지 않았다고 땅을 차지 않는다. 그냥 덤덤한 얼굴로 자기 자리로 돌아간다. 동료에게 엄지 한번 척 세워주는 것도 잊지 않는다. 그럴 수도 있잖아. 안될 때도 있는 거지 뭐.

쿨하게 포기하고 인정하는 자세가 우리 삶을 더 매끄럽게 만든다. 지난해 몽골에서였다. 끝없이 이어지는 지평선을 따라가다 더이상 좋은 글을 쓸 수 없다는 걸 문득 알게 됐다. 정말 좋은 글을 쓰고 싶었지만 어쩔 수 없다는 것을, 내 능력 밖의 일이라는 것을 알게 됐다. 들판 한가운데에 차를 세우고 주머니에 손을 넣은 채 우두커니 서 있었다. 가만히 서서 지평선 너머에서 불어오는 차가운 바람을 오래오래 맞았다. 그 바람 속에서 '더이상은 잘 쓸 수 없어. 난 이렇게밖에 쓸 수 없는 인간이야'라고 생각했다.

그리고 한국으로 돌아와 나는 다시 글을 썼다. '이렇게라도 써야지' 하며 다시 글을 썼다. 메시나 호나우두는 아니지만, 메시나 호나우두처럼 다시 내 자리로 돌아와 글을 썼다. 언젠가 그들처럼 골문을 향해 멋지게 드리블을 할 수 있는 날이 오겠지.

일하는데 중요한 게 이런 마음가짐 같다. '내 글이 안 좋을 수도 있어. 하지만 괜찮아. 이건 나만 쓸 수 있는 글이니까.' 이게 바로 자신을 애정하는 방법이다. 오늘 쓴 글이 반드시 어제보다 나아야 하는 건 아니다. 어제보다 못할 수도 있다는 걸 인정해야 한다. 그래야 오래 일할 수 있고, 오래 하다 보면 여러 가지 조건이 맞아떨어져 좋은 작품을 만들 수 있는 것이다.

남들과 비교하는 습관을 버리는 것도 중요하다. 우리를 불행하게 하는 건 남과의 비교다. 살리에르는 살리에르고 모차르트는 모차르트인 것이다. 나보다 잘난 인간이 있다면 '저 자식 정말 잘났군. 부러워. 하지만 그건 그거고 오늘 저녁에 뭘 먹지' 하고 생각해 버리면 안 될까. 친구에겐 없지만 나한테만 주어진 것도 있는 법이다.

모두 내 몫이고 내 책임이다. 어른이잖아. 자책은 일에 0.1퍼센트도 도움이 안된답니다. 오늘 어제보다 쿨해지도록 하자.

여행이 아니었다면
나는 이 세계를

지난 일주일 동안 터키를 여행했다. 이스탄불에서 시작해 아피온이라는 작은 도시를 거쳐 으스파르타라는 도시까지 갔다. 아피온의 온천과 으스파르타의 장미 축제를 취재하는 일 때문이었지만, 사실 관심은 언제나 그렇듯 먹는 데 있었다. 그럼 터키에서 뭘 먹었냐면, 아침으로 올리브와 치즈, 말린 무화과와 살구, 요구르트, 삶은 계란, 딱딱한 바게트를 먹었다. 점심으로는 삶은 계란과 요구르트, 딱딱한 빵, 치즈, 말린 무화과와 살구, 올리브를 먹었다. 눈치채셨겠지만, 접시 위에 놓인 음식의 순서만 바뀌었을 뿐이다. 그러니까 나는 터키 여행 내내 치즈와 올리브, 요구르트, 딱딱한 빵, 삶은 계란을 먹었다는 것이다. 오해 마시길. 이 음식들이 맛없었다고 불평하는 게 아니다. 지금까지 나는 이토록 맛있는 올리브와 치즈, 말린 무화과와 살구, 요구르트를 먹어본 적이 없다.

아침을 먹기 위해 호텔 식당에 내려갔을 때 나를 놀라게 한 건, 올리브가 무려 열세 가지 종류나 있다는 사실이었다. 더 놀라운 건 건너편 테이블에 놓인 열한 가지의 치즈, 그리고 그 옆에 놓인 아홉 종류의 요구르트와 과일잼. 사흘 동안 그 호텔에 묵었는데, 사흘째 아침에서야 나는 비로소 그것들을 다 맛볼 수 있었다.

터키시 딜라이트도 빼놓을 수 없다. 아피온에서 들른 '미림 울루'라는 가게는 무려 1860년부터 영업을 해 오고 있는 곳. 가게 주인 알리는 '형제의 나라'에서 온 여행자에게 시식할 '로쿰'(Locum)을 한 접시 가득 담아 주었는데, 달콤한 치즈 로쿰을 집어먹자마자 지구에 이런 가게가 있다는 것이 정말 축복처럼 느껴졌다.

여행을 하며 가장 짜증이 나는 순간 중 하나가 맛없는 음식을 먹을 때다. 특히 모르는 사람과 마주하는 형식적인 자리에서 '형식적인'(모양만 갖춘 맛없는 요리) 코스 요리를 먹다 보면 여행의 귀중한 시간을 낭비하는 기분이 들어 화가 날 정도다.

다행스럽게도 터키에서 먹은 올리브와 치즈, 케밥, 로쿰은 터키의 살인적인 일정을 용서해 줄 만큼 맛있었다. 윤기가 흐르는 올리브와 치즈가 잔뜩 올라간 식탁 앞에 앉을 때마다 미사일이 날아가고 동물들이 멸종하고 북극 빙하가 녹아내리는 이 엉망진창인 세계에서 그래도 느긋하고 평화로운 세계가 있다면 이곳이 아닐까 하는 생각이 들 정도였으니까. 여행과 맛있는 음식이 아니었다면 나는 이 세계를 어떻게 견디고 사랑할 수 있었을까.

절망보다는 포트와인,
사랑보다는 에그 타르트

많은 사람들이 여행작가를 좋은 직업이라고 생각한다. 맛있는 음식을 먹으며 여행 다니는 게 일이니까. 음, 어느 정도는 그렇다. 하지만 그게 또 쉬운 일만은 아니다. 일 또는 직업이 되면 뭐든 쉽지 않게 된다. 여행 작가로 살아가는 것, 끝없이 결과물을 만들어 내며 계속 살아남는 것, 여행작가로 먹고사는 건 생각보다 어렵다. '어떤 특별한 것'이 점점 필요해지기 때문이다. 링에 오르기는 쉬워도 링 위에서 오래 버티는 건 쉽지 않다.

몇 번의 죽을 고비를 넘겨 가며 이 일을 그만두려고 마음먹은 적이 여러 번 있다. 그럴 때마다 조금 더 해 보자고 마음을 다잡게 하는 계기가 신기하게도 생겨났고 결국 여기까지 오게 됐다. 이번 포르투갈 여행도 그랬다. 비행기에 오를 때부터 나는 아주 지쳐 있었다. 목적지가 포르투갈이 아니었다면 아마 가지 않았을지도 모른다. 이 일을 그만두기 전에 꼭 가 보고 싶은 나라가 한 곳 있었는데 그중 한 곳이 포르투갈이었다. 이 번이 정말 마지막 출장이라고 생각하며 짐을 쌌다.

해 질 녘의 포르투 동루이스 다리 위에서 잠깐 눈물이 났던 것 같다. 지금까지 여행을 하며 만난 가장 아름다운 장면이었다. 도루강을 붉게 물들이며 해가 졌고, 사라지는 해의 잔상을 바라보며 지금까지의 여행에서 만난 것들을 문득 떠올렸다. 다 사라진 줄 알았는데 그것들은 여전히 내 속에 남아 있었다. 나는 언젠가 그것들과 꼭 다시 만날 것이라고 예감했다. 결코 잊을 수 없는 것들을 잊기 위해 우리는 왜 평생을 다해야 할까. 그러지 말자. 그리운 것들은 그리운 대로 가슴에 담아 두자. 언젠가 다시 만나는 날 이만큼이나 그리웠다고 보여주자. 나는 포켓 플라스크에 담아 온 포트와인을 홀짝거렸다.

리스본에서는 에그 타르트를 먹었다. 파스테이스 드 벨렘(Pastéis de Belém)이라는 가게에서였다. 세계에서 에그 타르트를 가장 먼저 만든 곳이라고 했다. 솔직히 에그 타르트는 그전까지 한 번도 먹어 보질 못했다. 서울에서 에그 타르트를 파는 가게를 많이 봤지만 먹어볼 생각을 하지 않았다. 에그 타르트는 맛있었다. 카푸치노 한 잔을 마시고 에그 타르트를 한입 크게 베어 무는 순간 여행작가가 되길 잘했다는 생각이 들었다. 사랑 따위가 뭐라고. 에그 타르트를 먹는 이 순간이 가장 중요해.

인천행 비행기 안에서 조금 더 이 일을 해 보기로 했다. 동루이스 다리 앞에서 마신 포트와인과 리스본의 에그 타르트 때문이다. 이 맛있는 음식들을 두고 여행작가를 그만둘 순 없다고! 아주 사소한 이유지만, 우리의 삶은 이처럼 사소한 것들로 굴러가는 것이기도 하다. 그러니까 절망보다는 포트와인, 사랑보다는 에그 타르트.

케언스,
그 해 여름

여기는 케언스다. 1년에 300일 이상 햇볕이 내리쬐는 곳. '빛의 고장'이라는 별명을 간직한 도시. 형형색색의 산호 군락으로 가득한 바다와 100만 년 세월을 간직한 신비로운 숲이 있는 곳. 바닷가 카페에서 와인을 마시며 인생에 대한 노골적인 찬사를 퍼부어도 전혀 어색하지 않은 곳.

나는 지금 포트 더글러스 해변에 자리한 어느 카페에서 양떼구름이 서쪽에서 동쪽으로 흘러가는 것을 바라보고 있다. 수평선 너머에서 번져오는 노을은 어제보다 한결 짙다. 와인잔을 빙글빙글 돌리며 케언스에서의 시간을 감각하고 있다.

케언스에 온 지 일주일이 지났다. 그동안 열대 우림을 걸었고 벌룬을 타고 새벽 공기 속을 날았다. 그레이트 배리어 리프로 나가 오랫동안 스쿠버 다이빙을 즐기기도 했다.

어제보다 나은 오늘이 이어졌던 나날들.
남은 인생의 매일매일이 이럴 수만 있다면 얼마나 좋을까.

히타의 마메다마치에서, 제주 예래리에서, 미나미 시마바라라는 규슈의 작은 시골 마을에서 그리고 지금 여행을 떠나온 케언스에서도 아침에 눈을 뜰 때마다 이런 생각을 했던 것 같다.

케언스로 떠나오기 전, 한국의 지독한 여름에 얼마나 힘겨워했던가. 삶이란 게 살면 살수록 경험이 쌓여서 쉬워져야 하는데 살수록 피곤만 는다고 짜증 섞인 투정을 부려댔다. 라면 가락을 집어 들다 뭐 하나 제대로 해 놓은 게 없다는 생각에 그만 젓가락을 놓았던 저녁도 있었다. 눈이 내리는 나라에 가서 옷깃을 꼭꼭 여미고 살고 싶다고 생각했다. 여름이 싫어서가 아니라 온기라는 말을 제대로 실감할 수 있지 않을까 싶어서 그랬던 것 같다.

그리고 여기는, 지금은, 지구 반대편 땅의 여름 속에 있다. 어깨에 내려 앉는 기분 좋은 바람과 이마에 닿는 찬란한 노을빛을 느끼며 앉아 있다. 같은 여름인데도 다른 여름, 같은 오후 여섯 시인데도, 다른 오후 여섯 시다.

케언스라는 공간을 표현하라면 무중력 공간이라고나 할까. 나는 케언스에 머물렀던 며칠 동안 서울에서의 업무와 잡다한 약속, 형식적인 인간관계 같은 일들을 깡그리 잊을 수 있었다. 케언스의 광대한 자연과 한없이 자유로운 시간 앞에서 모든 것은 다만 자질구레한 일들에 불과했다. 케언스에서 나는 육체적 무중력 상태를 경험했고 그것은 정신적 무중력 상태로도 이어졌다.

어느 날은 벌룬을 타고 새벽하늘을 날아다녔다. 새벽 5시, 호텔을 출발한 버스는 1시간을 달려 졸린 눈을 비비적거리는 여행자를 '마리바'라는 평야 지대에 내려놓았다. 눈앞에서는 열기구의 커다란 풍선이 서서히 부풀어 가고 있었다. 뜨겁게 달궈진 공기가 풍선을 채울수록 풍선에 그려진 코알라 그림은 제 모습을 갖춰 갔다. 함께 온 여행자들의 몸무게를 눈으로 가늠한 열기구 조종사는 열기구의 바구니가 평형을 유지할 수 있도록 자리를 지정해 줬고 우리는 풍선처럼 한껏 부푼 기대를 안고 바구니 속으로 조심스럽게 올라탔다.

약간의 시간이 지나고 어느 순간 바구니는 허공을 향해 사뿐히 치솟아 올랐다. 누군가 살짝 들어올리는 것 같았는데, 빠른 속도로 지상과 멀어져 가기 시작했다. 조종사는 바구니에 달린 버너의 밸브를 열어 불꽃을 더 크게 일으켰다. 벌룬은 더 높이 두둥실 떠올랐는데, 비행기를 탔을 때와는 전혀 다른 기분이었다. 마치 공기 위를 걷고 있는 기분이랄까.

하늘에서 보는 케언스는 신비롭고 경이로웠다. 자욱했던 안개가 물러가자, 멀리 지평선 너머로 하늘을 물들이며 해가 떠올랐다. 새들은 나와 같은 높이에서 날았다. 벌룬은 물고기처럼 말랑말랑한 여름 공기 속을 부드럽게 헤엄쳤다. 지상으로는 초록색의 열대 우림이 아득하게 펼쳐졌고 왈라비들이 떼를 지어 들판을 달리고 있었다. 바구니에 담긴 사람들은 누구랄 것도 없이 탄성을 쏟아 냈다.

벌루닝이 하늘에서의 무중력을 맛보게 해 주었다면 그레이트 배리어 리프에서의 스쿠버 다이빙은 물속에서의 무중력을 경험하게 해 주었다. 그레이트 배리어 리프는 케언스를 넘어 호주를 대표하는 여행지다. 세계 최대의 산호 군락으로 뉴기니 남부의 플라이강에서 퀸즐랜드 레이디 엘리엇까지 뻗어 있다. 길이는 무려 2,000킬로미터. 위성에서도 육안으로 보이는 지구 유일의 자연물이다. 이 위대한 자연을 제대로 즐기는 일은 스쿠버 다이빙이다. 그레이트 배리어 리프 스쿠버 다이빙 여행의 출발지는 케언스 시내 외곽에 자리한 리프 프리트 터미널이다. 이곳에서 크루즈를 타고 아우터 리프 지역까지 두세 시간 내달려 바다 위에 떠 있는 액티비티용 정거장에 도착한다.

스쿠버 다이빙은 자격증이 없어도 할 수 있다. 전문 다이버와 함께 물속으로 들어간다. 물속을 헤집고 다니다 보면 툭 튀어나온 이마를 가진 나폴레옹 피시가 슬금슬금 다가와 옆에 선다. 사실 이 물고기들은 크루즈 회사에서 기념사진을 위해 '섭외'해 놓은 것들이다. 옆구리를 살살 만져봐도 괜찮은데, 벨벳 천을 쓰다듬는 기분이 든다.

케언스에서의 마지막 날, 북쪽으로 차로 1시간 정도 떨어진 포트 더글러스라는 곳까지 드라이브를 즐겼다. 몇 명의 여행자들과 함께 초록색 폭스바겐 콤비를 빌렸고 그 낡은 자동차로 바닷가 옆으로 난 도로를 따라 시속 60킬로미터로 달렸다. 출발할 때 날은 흐렸지만 곧 맑아졌다. 포트 더글러스까지 가는 동안 우리는 근처에서 가장 유명한 아이스크림 가게에 들렀고 바닷가에 위치한 작은 카페에서 호주식 커피인 롱블랙을 마셨다. 우리가 걷고 셀피도 찍었던 케이프 트리뷰레이션 비치는 사실 해파리에게 쏘이거나 악어가 나오는 무시무시한 해변이라고 했다. 어쨌든 우리는 호기심 가득한 토끼처럼 주변 풍경을 두리번거리며 즐겼고 작은 농담에도 까르륵대며 웃었다. 마음속 풍선이 서서히 부풀어 오르고, 그 풍선을 잡고 있는 우리의 뒤꿈치가 살짝 올라갔던 그런 날. "아, 이번 여행이 영원히 멈추지 않았으면……." 누군가 이렇게 말했고 우리 모두는 고개를 끄덕였다.

포트 더글러스는 평화로웠다. 골드러시 때 금맥을 찾으려는 사람들이 몰려들며 만들어진 이 마을은 지금은 부호들의 별장촌으로 그 역할을 대신하고 있다고 했다. 날씨는 아름다웠고 바다는 잔잔했다. 해가 지는 해변에는 나이 지긋한 부부가 나란히 앉아 바다를 바라보고 있었다. 새들은 나무 위에서 지저귀고 바닷가에 자리한 식당에서는 고소한 새우 요리 냄새가 풍겼다. 우리는 해변에 자리한 타이 레스토랑에서 팟타이와 똠얌꿍을 먹으며 보틀 숍에서 사온 와인을 마셨다. 그렇게 케언스의 마지막 날이 가고 있었다.

시애틀이며 퀘벡, 카이로, 호바트, 팔레르모, 상하이, 방콕, 도쿄, 글래스고, 자그레브, 류블랴나…… 비행기가 이륙하는 순간 금세 그리워졌던 그 도시들. 그 도시의 이름을 뒤로하고, 누군가가 다시 한 번 꼭 가고 싶은 도시를 꼽으라고 지금 물어본다면, 주저 없이 케언스라고 말하겠다.

마흔 넘으면 깨닫게 되는 것들이 있다. 불행하게도 인생은 공평하지 않으며, 타협은 인생을 편하게 해 주지만 나중에 반드시 이자를 붙여 갚아야 하며, 능력보다 중요한 건 운이지만 운은 노력하지 않는 자에게 절대로 가지 않는다는 사실.

이런 것도 알게 된다. 아무리 멀어 보여도 달리다 보면 결국 도착한다는 것. 물론 그 도착 지점을 성공이라고 부를 수 있다면 좋겠지만 많은 경우 그게 아니라는 사실. 그리고 아무리 좋고 멋진 일이라도 할 수 있는 때가 있다는 것. 성공하는 것보다는 실패를 줄이는 것이 중요하다는 것. 그리고 시간을 가장 잘 사용하는 방법은 도서관에서 책을 읽는 것과 여행을 떠나는 일이라는 것.

여기는 포트 더글러스다. 바람의 온도가 바뀌었다. 소매를 스쳐가는 공기가 한결 가벼워졌다. 여행하기 좋은 날씨지만 아쉽게도 내일 아침 이곳을 떠나야 한다. 마흔세 번째의 여름. 준비 없이 떠난 여행. 이런 날씨 속에 있으면 재능을 믿고 싶고, 신을 믿고 싶고, 운명을 믿고 싶다. 노력 따위는 하지 않고 주어진 것에 만족하며 살고 싶다. 더 살다 보면 그렇게 되겠지. 좀 더 포기하고 내려놓으면 그렇게 되겠지.

어쨌든 매일 아침 챙겨 먹는 비타민, 맛없는 점심 식사, 저급한 연예뉴스, 언제나 짜증스러운 도로, 부질없는 농담, 쓸데없는 걱정……. 그런 것들에서 벗어나 자유로웠던 케언스에서 보냈던 무중력 상태의 7박 8일. 이 여름이 살아가는 내내 그리울 것이다.

그러니까 우리는
조금 더 행복해졌습니다

행복이란 무엇일까. 무엇이 우리를 행복하게 하는 걸까? 그 물음을 안고 부탄으로 향했던 어느 날.

비행기 창문 너머로 흰 눈을 머리에 인 히말라야의 설산이 보였다. 태국 방콕 공항에서부터 녹초가 된 몸은 아침 햇빛 속에서 명징하게 빛나는 설산을 바라보며 조금씩 회복하고 있었다.

파로(Paro) 국제공항에 내려 심호흡을 크게 했다. 히말라야에 고여있던 맑은 공기가 가슴속으로 밀물처럼 밀려 들어왔다. 부탄 전통 옷을 입은 남자들이 보였다. 공항에 근무하는 공무원인 것 같았다. 까무잡잡한 피부에 둥근 눈동자, 오똑한 콧날을 가지고 있었다. 깨끗한 얼굴이었다. 눈이 마주치자 그들이 먼저 웃었다. 나도 따라 웃었다. 그가 웃으면 나도 웃는다. 여행자들이 갖춰야 할 가장 기본적인 매너.

공항에서 수도 팀푸(Thimphu)로 가는 길, 비포장도로는 아찔한 협곡 사이를 지난다. 실수하면 아득한 벼랑 아래로 차는 굴러떨어질 것이다. 가이드는 부탄의 길이 대부분 이렇다고 설명한다. 뱀처럼 구불거리는 길을 따라 버스는 산등성이를 힘겹게 오른다. 부탄에서 농사를 지을 수 있는 평지와 가축을 기를 수 있는 초지는 국토의 10퍼센트가 채 되지 않는다. 국토의 대부분은 비탈과 협곡이다. 부탄 사람들의 삶은 가파른 비탈에 기대고 있다. 이 척박한 땅에 사는 사람들이 왜 가장 행복하다고 느끼는 것일까. 그들은 도대체 어떤 마음으로 살고 있을까. 행복 지수 세계 1위. 국민의 97퍼센트가 스스로 행복하다고 믿는 나라. 방콕에서 부탄행 둑에어(Druk Air)에 오르며 품었던 이 의문은 부탄을 여행하면서 서서히 풀리기 시작했다.

부탄은 국토 면적이 한반도의 4분의 1, 인구라고 해 봐야 75만 명에 불과한 작은 나라다. 히말라야 동쪽에 숨은 듯 자리한 이 나라는 자유 여행을 허가하지 않고 하루에 200~250달러의 환경세 개념의 여행 경비를 내야 하는 패키지 투어만 이용해야 하기 때문에 베테랑 여행자들 가운데서도 가 보지 못한 사람이 많다. 부탄 관광청에 따르면 지난해 입국한 외국인 수는 약 20만 명. 이 가운데 한국인 여행객은 1,000여 명 정도라고 한다.

부탄의 첫 감흥은 동남아의 여느 중소 도시에서 느꼈던 그것과 크게 다르지 않았다. 여행의 첫 목적지는 수도 팀푸. 수도라고 해 봐야 인구 10

만에 불과한 이 작은 도시는 긴 협곡을 따라 들어서 있다. 전통 양식으로 지어진 고만고만한 건물들이 길 양옆으로 늘어서 있고 부탄 전통 복장인 '고'와 '키라'를 입은 사람들이 거리를 가득 메우고 있다. 자동차가 경적을 울리며 지나가고 붉은 옷을 입은 승려들은 누군가와 휴대폰으로 통화하느라 바쁘다. 길가의 조그만 구멍가게에서는 코카콜라를 잔뜩 쌓아 놓고 판다. 겉모습만 봐서는 우리와 별반 다르지 않다. 그런데 그들은 왜 행복할까.

여러 지표상으로 부탄은 가난한 나라다. 1인당 국민 소득이 2,800달러 남짓밖에 되지 않는다. 하지만 하루 이틀만 부탄을 겪어 보면 이들이 가난하게 살고 있다는 생각은 들지 않는다. 가파른 산등성이를 따라 지그재그로 이어지는 도로는 포장 상태마저도 엉망이지만 서두르는 법 없는 부탄 사람들은 도로 사정이 나쁘다고 여기지 않는다. 나쁜 도로 사정을 탓하는 건 오직 관광객들뿐이다. 히말라야에서 쏟아져 내리는 풍부한 수력으로 전기를 만들어 인도에 팔고 그 돈으로 모든 공산품을 수입해서 쓴다. 그러니 미세 먼지나 공해 따위를 걱정할 이유가 없다. 관광 산업에서 얻는 수익은 무상 교육과 무상 의료를 실시하는 재원이 된다. 여행하는 외국인들도 똑같은 혜택을 받는다. 1999년 부탄의 국가 행복지

수를 체계적으로 연구하고 '행복을 보급'하기 위해 만들어진 '부탄 행복 연구소' 도지펜졸 소장은 "부탄은 국민의 행복을 모든 정책의 중심에 놓고 국가를 운영한다"고 말했다. 어떤 정책도 '국민 행복'과 부합하지 않으면 시행하지 않는다. 실제로 모든 정책은 10~15명으로 구성된 '국민 총행복위원회'의 심사를 통과해야 하는데 총점 78점을 얻지 못하면 자동으로 폐기된다. 헌법에 숲 면적을 국토 면적의 60퍼센트 이상 유지해야 한다는 조항이 있는 나라가 부탄이다. 4대 국왕 지그메 싱기에 왕추크는 스스로 권력을 내려놓고 의회 민주주의로의 이양을 선택했다. 그 결과 2008년 총선이 실시되고 지금은 총리가 수반이 돼 부탄을 통치하고 있다. 하루 7시간 노동도 철저히 지켜진다. 자, 우리나라와 부탄 중 어느 나라 사람들이 더 행복하게 잘 살고 있을까.

부탄에서 하루를 보내고 이틀을 보내고 사흘을 보내는 동안, 이들의 미소 때문이었을까 마음 한편에는 어떤 잔잔한 일렁임 같은 것이 일어나기 시작했다. 새벽 4시면 어김없이 거리에 울려 퍼지는 새벽 타종 소리와 함께 눈을 떴을 때, 숙소 밖으로 몰려든 자욱한 우윳빛 안개를 보며 내 속에 무언가가 조금씩 채워지고 있다는 느낌이 들어 안도하곤 했다. 그것은 아주 오래전 잃어버렸던 어떤 음악을 비로소 찾아 듣게 됐을 때

와 비슷한 감정같기도 했고 손에 따뜻한 조약돌 하나를 꼭 쥐고 서 있는
듯한 기분 같기도 했다. 서서히 마음이 돋아나던 시간들. 우리 몸을 순
환하는 피의 온도를 느낄 수 있던 시간들.

부탄은 불교 국가다. 부처가 세운 나라다. 국민의 거의 100퍼센트가 불
교 신자라고 봐도 무방하다. 부탄의 불교는 8세기경 인도 북부에서 태
어난 파드마삼바바(Padmasambhava)가 전했다. 거리 곳곳에는 불경을
적은 깃발인 룽다가 펄럭이고 사람들은 곳곳에 설치된 마니차를 돌리며
걷는다. 팀푸 중앙에 3대 국왕을 추모하기 위해 세운 거대한 탑인 메모
리얼 초르텐(Memorial Chorten)이 있는데 팀푸 사람들은 출근할 때 이
탑을 세 바퀴 돌고 퇴근할 때 다시 세 바퀴 돈다. 지금까지 여러 나라를
여행했지만 이토록 간절한 걸음과 아득한 눈빛은 본 적이 없고 그토록
행복한 얼굴을 본 적이 없는 것 같다.

일본의 사상가 다치바나 다카시는 그의 책 〈사색기행〉에서 이렇게 말했
다. "나는 역시 이 세상에는 가 보지 않고서는 알 수 없는 것, 내 눈으로
직접 보지 않고서는 알 수 없는 것, 직접 그 공간에 몸을 두어 보지 않고
서는 알 수 없는 것이 많구나, 하는 생각을 절실하게 했다. 그런 감동을

맛보기 위해서는 바로 그 순간에 내 육체를 그 공간에 두지 않으면 안되 었던 것이다."

부탄의 불교를 이해하기 위해서 우리가 할 수 있는 방법으로 백과사전 과 인터넷에서 파드마삼바바와 티벳 밀교의 계보를 파악하는 것도 있겠 지만, 그것보다는 직접 부탄의 사원을 찾아가 '옴마니반메훔'을 발음해 보는 것이 훨씬 나을 것이다. 부탄 불교의 경건함과 비밀스러움은 절대 문자로 설명할 수 있는 성질의 것이 아니다. 때로는 하나의 경험과 학습 을 위해 비싼 비용을 치러야 할 때도 있는 법이다.

부탄 불교의 하이라이트는 탁상사원이다. 부탄을 찾은 모든 여행자들이 빼놓지 않고 들르는 곳이다. 부탄에서의 마지막 일정이었다. 불교를 전 파하러 부탄에 온 파드마삼바바가 이곳에서 수행하며 명상에 잠겼다. 해발 3,120미터 지점, 까마득한 절벽 아래에 자리 잡고 있는 탁상사원 은 부탄을 상징하는 사진으로 사용되기도 한다. 2시간쯤 트레킹을 해야 닿는다. 만만한 길이 아니지만 사람들은 무거운 걸음을 떼며 이곳에 오 른다.

어쩌면 당신은 탁상사원에 오르는 동안 마음을 찾을 수도 있겠다. 나 역시 그랬으니까. 나무 그늘에서 쉴 때, 까마득한 산속에 만들어진 라타(죽은 사람을 기리기 위해 세워놓은 만장)를 내려다보았을 때 나는 결핍이 간절함을 만든다는 사실을 알게 됐다. 생에 대한 결핍이 간절함을 낳고 그 간절함이 역설적이게도 우리를 행복 앞으로 안내하는 것이다. 모든 것을 가진 사람은 행복할 수 없다. 우리를 행복하게 하는 건 가질 수 있다는 가능성이다.

탁상사원에서 내려와 머문 파로의 숙소에서, 창밖으로 내리는 비를 바라보며 지구 반대편에 있을 당신을 생각했다. 당신을 생각하며 부탄의 진한 맥주를 마셨다. 맥주는 달지 않았지만 쓰지도 않았다. 그냥 맥주 맛이었을 뿐이다. 내 인생이 아마도 그러했으리라. 모든 것이 행복하지는 않았지만 불행하지도 않았으리라.

나는 당신에게 "이제 그곳은 아침이겠군요"라는 문장으로 시작하는 편지를 썼다.

"여기는 어둡습니다. 당신은 어느 시간에 계신지요. 당신을 생각하며 비 내리는 산장에서 찬 손을 비비고 있습니다. 이 비가 그치면 봄이 더 깊어지겠지요. 어서 돌아가렵니다. 당신과 함께 그곳의 봄을 걷고 싶으니까요. 당신의 뺨을 손바닥으로 감쌌던 그 밤의 기쁨과 설레임이 아직 내 마음속에 남아 있답니다. 사원으로 가는 길, 산허리를 따라 끝없이 이어지는 길 끝에는 당신이 서 있더군요. 당신 생각이 멀리까지 밀려갔다 밀려왔던 오늘이었습니다. 당신 생각의 끝에서 끝까지 바람이 불었던 오늘이었습니다."

펜을 내려놓고 맥주를 한 모금 마셨다. 한 사랑을 생각하며 먼 산맥을 바라보는 사내가 있다. 그의 앞에는 맥주잔이 놓여 있고 사내의 눈은 그리움과 설레임으로 젖어 있다. 어떤가 그다지 나쁜 인생은 아니지 않는가. 이만하면 행복하지 않은가. 나는 남은 맥주를 들이켰다. 돌아갈 시간이었다.

여행을 왔기 때문에
여행하고 있는 것이에요

인도 동북부 끄트머리, 히말라야 자락에 자리한 마니푸르주의 임팔 공
항에 도착했을 때 여행자를 반긴 건 맑은 공기였다. 미세 먼지 가득한
한국의 공기와 질이 달랐다. 목마른 사람이 생수를 벌컥벌컥 들이키듯
게걸스럽게 심호흡을 했다. 상쾌한 나무 향기가 나는 것도 같았다.(하지
만 불행하게도 맑은 공기는 여기까지였다. 곧 엄청난 먼지를 마시게 된다.)

임팔 공항에서 만난 가이드 '에이프릴'(April, 이름은 예쁘지만 사실은 건
장한 삼십 대 중반의 남자다)은 나갈랜드주의 가장 큰 도시인 코히마까지
는 차로 약 4시간이 걸린다고 했다. 그런데 거리는 고작 150킬로미터였
다. 이 말은 도로 상태가 그만큼 좋지 않다는 뜻. 실제로 나갈랜드주를
여행한 사흘 동안 포장도로는 10킬로미터도 달려 보지 못한 것 같다. 지
금도 코히마를 떠올릴 때 가장 먼저 떠오르는 말은 먼지와 급커브다. 해
발 2,000미터의 산자락에 들어선 이 도시의 모든 도로는 공사 중이었고
언제나 수많은 차들로 정체 상태였다. 차들은 전부 뽀얀 먼지를 쓰고 있
고 사람들은 마스크를 쓴 채 길을 걸었다.

코히마

나갈랜드는 인도 동부에 자리한 곳으로 주로 미얀마 북서부에 접하고 있다. 주도는 코히마. 주 전체 인구는 220만 명으로 우리나라 충남 인구와 비슷하다. 이 가운데 코히마에 90만 명 정도가 살고 있다. 몽골로이드계 민족인 나가족이 많이 거주하는데 우리가 생각하는 인도인과는 생김새가 많이 다르다. 우리와 비슷하게 생겼다. 한때 아삼주에 속했지만 나가족이 꾸준히 분리 독립 운동을 한 결과 1963년 나갈랜드주가 만들어졌다.

늦은 밤 코히마에 도착해 호텔에 체크인을 하고 욕실 문을 열었을 때 온수기가 달려 있는 것을 보고는 뭔가 예감이 이상했다. 아니나 다를까 더운물은 나오지 않았다. 프런트에 말하니 양동이에 더운물을 담아 왔다. 방도 너무 추웠다. 후드 자켓을 입고 모자를 눌러쓰고 잤다. 자면서 내일 아침엔 씻지 말아야겠다고 생각했다. 여긴 인도니까 하루쯤 안 씻어도 되지 않겠어.

코히마에서 가장 먼저 찾은 곳은 시내에 자리한 나갈랜드 박물관. 열 시 반에 도착했는데 박물관은 아직 문을 열지 않았다. 안내판에는 아홉 시 반에 문을 연다고 분명하게 씌여 있었다. 뭐, 여긴 인도니까. 박물관 앞마당에는 교복을 입은 다섯 명의 소녀들이 모여 앉아 수다를 떨고 있었다. "학교 안 가고 뭐해요?" "오늘 저녁에 시험이에요." "그럼 시험 공부해야지" 소녀들은 입을 가리고 까르르 웃었다. 가이드 에이프릴은 이들을 보자마자 전부 다른 부족이라고 했다. 인사말도 다 달랐다. "나갈랜드에는 모두 16개 부족이 있고 언어가 다 달라요." 에이프릴은 이렇게 설명했다. 실제로 학생들이 말한 인사말도 다 달랐다. 공용어는 힌두어와 아삼어가 섞인 나가믹스어와 영어라고 했다.

실제로 코히마에서 점심을 먹기 위해 찾은 식당에서 물고기 요리 이름을 주인에게 물었더니 주인은 조금 난처한 표정으로 이렇게 대답했다. "부족마다 이 물고기를 부르는 이름이 달라요. 그러니까 모두 열여섯 개의 이름이 있는 셈이죠. 그냥 나가 스타일 피시라고 하시죠."

코히마 시내 한가운데 시장이 있다. 식재료와 생활용품 등을 판다. 그런데 식재료 코너에서 눈에 띄는 것이 있었다. 애벌레였다. 에이프릴에게 먹는 거냐고 물어보니까 웃으며 고개를 끄덕였다. "맛있어. 나도 좋아해. 먹어 볼래?" "아니, 그러고 싶지 않아." "근데 저기 벌집은 뭐지?" 꼬물거리는 노란색 애벌레 옆에 하얀 스티로폼같은 벌집이 가득 놓여 있었다. "그것도 먹는 거야." "꿀은?" "꿀도 먹고 벌집 속의 애벌레도 먹지." 에이프릴은 하나를 빼서 권했다. 그래, 먹어 보자. 그래야 뭐라도 쓸거리가 생기니까. 애벌레 하나를 집어 입 속에 넣었다. 혀 위에 놓인 애벌레가 꿈틀거렸다. 차마 씹지는 못하고 꿀꺽 삼켰다. 근데 목구멍 안쪽에 깊숙이 걸린 애벌레는 한번에 넘어가지 않았다. 여전히 살아서 꿈틀대고 있었다. 여러분 여행작가는 이런 직업입니다. 한 줄 문장을 쓰기 위해 애벌레도 먹어야 한답니다.

코노마

코노마는 코히마에서 두 시간 정도 떨어진 마을이다. 450여 가구, 2,000
여 명이 모여 산다. 집과 집 사이로 난 작은 골목을 들여다보며 마을을
한 바퀴 돌아보는데 한 시간이면 충분하다. 이 마을의 명물은 다랭이논.
산비탈을 일궈 만든 논이 마을 앞에 펼쳐져 있다. 여행자들은 이 다랭이
논 사이로 트레킹을 즐기고 홈스테이를 하며 마을 문화도 체험한다. 작
은 마을이지만 에코투어리즘 여행 상품이 잘 갖춰져 있다.

마을을 걷다 잔치 준비에 한창인 어느 가정을 방문했다. 노인들이 모여
음식을 준비하고 있었다. 낯선 이방인에게 따뜻한 차와 음식을 내어 주
었다. "나갈랜드의 결혼식은 보통 사흘 동안 열려요. 하루는 남자의 집
에서 또 하루는 여자의 집에서 잔치를 합니다. 그리고 마지막 날에는 교
회에 마을 사람들이 모여 파티를 벌이죠." 에이프릴이 설명했다. 마을
광장에 자리한 공동 창고에서는 남자들이 소와 돼지를 잡아 뼈와 고기
를 해체하고 있었다. 보통 결혼식에 5~8마리를 잡는다고 한다. 갓 잡은
소와 돼지의 대가리가 문 앞에 찡그린 얼굴로 걸려 있었다. 창고 안은
날고기 냄새와 피 냄새로 가득했다.

해 질 무렵, 에이프릴이 마을에서 가장 높은 곳에 자리한 작은 공터로 안내했다. 거기에는 전통 옷을 입은 앙가미족 사람들이 서 있었다. 그들은 나와 또 다른 한 여행자 단 두 명을 위해 전통 춤을 추었고 노래를 불러 주었다. 여자들의 목소리는 높아서 골짜기 너머로 멀리 날아갔고 남자들은 낮은 목소리로 후렴을 넣었다. 여자들의 얼굴에는 낯선 사람들 앞에서의 공연이 아직은 어색한 듯 부끄러움이 묻어 있었다. 가사를 알아 들을 수는 없었지만 마음속에서 뭔가 일렁이는 것 같았다. 따뜻한 물에 손바닥을 대는 듯한 느낌이었다.

코히마로 돌아와 하룻밤을 묵었다. 방은 추웠다. 더운물도 나오지 않았다. 씻을 엄두가 나지 않아 물티슈로 대충 닦고 후드 티셔츠와 청바지를 입은 채로 잤다. 지금까지 여행을 하며 한 번도 덮지 않았던 옷장 속의 담요를 꺼내 덮었다.

닭과 트럭 소리가 잠을 깨웠다. 방음이 하나도 되지 않았다. 마치 길바닥에 누워 있는 것 같았다. 호텔 현관 앞에서 햇빛을 쬐었다. 방보다 거리가 따뜻했다. 바다 이구아나가 된 듯한 기분이었다. 체온이 조금씩 올라가고 있었다. 내 앞으로 학생들이 지나가고 트럭이 경적을 울리고 지나가자 자욱하게 먼지가 인다. 짓다 만 건물들이 어색하게 서 있다.

이렇게 서 있노라면 '내가 지금 도대체 뭘 하고 있는 거지', '난 여기에 왜 있는 거지' 하는 생각이 든다. 모르겠다. "여행작가가 되어 보시겠습니까?" 하고 누군가 내게 제안해서 여행작가를 하고 있는 게 아니기 때문이다. 어쩌다 보니 나는 여행작가가 됐고 여행이 좋아서 지금까지 이 일을 하고 있는 것이다. 세상에는 뾰족한 해답을 가질 수 없는 일이 많다. 지금도 그냥 여행을 왔기 때문에 여행하고 있는 것이다. 어떻게 보면 서울에서도 우린 이렇게 살고 있지 않은가. 인생은 우리의 의견 따위는 상관치 않고 멋대로 흘러간다.

어찌 모든 인생을 걸고
사랑하지 않을 수 있을까

세월이 흘렀다. 많은 것들이 바뀌었고 더 많은 것들이 변했다. 나이가
들었고 주름이 늘었다. 사는 곳을 몇 차례 옮겼다. 음식을 적게 먹게 됐
고 만나는 사람이 줄어들었다. 단골집이 늘어났고 먹기 싫은 음식이 많
아졌다. 사과를 자주 먹게 됐고 짬뽕을 먹으면 하루 종일 속이 좋지 않
다. 작은 카페보다는 스타벅스가 편하다. 영화관에 가는 횟수가 줄어든
만큼 도서관에 자주 간다. 음악은 꾸준히 듣고 있다. 오아시스와 트래비
스 말고 토니 베넷과 빌 에반스, 쇼팽, 모차르트를 듣는다. 계절의 변화
에도 점점 무관심해져 간다. 오래된 스웨터를 찾아 입고 나서야 가을이
온 걸 알게 됐으니까. 스웨터는 보풀이 잘게 일어나 있었고 나프탈렌 냄
새가 났다. 이젠 혼자 먹는 밥이 어색하지 않다. 하지만 여전히 밥집 앞
에 줄을 서는 건 싫다.

내가 지나왔던 수많은 도시들은 어떻게 변했을까. 지구본을 빙그르르
돌려 본다. 더블린, 도쿄, 아디스아바바, 루앙프라방, 런던, 자그레브,
프라하, 카이로, 더반, 상하이, 가고시마, 삿포로, 멜번, 애들레이드, 쿠
알라룸푸르, 방콕, 자카르타, 발리, 마닐라, 가오슝…… 지구본을 짚어
가던 손가락은 문득 한 도시의 이름 앞에서 멈춘다. 하노이. 내 여행이
처음 시작된 곳.

여행 '기자'를 그만두고 여행 '작가'가 되기로 결심한 2006년 유월 마지막 날, 나는 첫 여행지로 하노이를 선택했다. 특별한 이유는 없었다. 그냥 가 보고 싶었기 때문이다. 하노이에서 라오까이로 가는 야간열차를 타고 박하시장과 사파를 돌아본 후 루앙프라방을 거쳐 치앙마이에서 여행을 마무리할 예정이었다.

하지만 그 여행은 치앙마이에 닿지 못했다. 하노이에서 박하시장과 사파를 거쳐 루앙프라방에 도착했을 때, 내 여행은 루앙프라방에서 끝날 것이라는 짙은 예감에 휩싸였다. 사흘만 머물기로 한 일정은 일주일이 되었고, 곧 보름이 되었다가 그냥 그곳에서 여행을 마무리하는 것으로 결론이 내려졌다. 루앙프라방의 모든 것이 강렬한 매력으로 나를 사로잡았고, 나는 루앙프라방에서 내 남은 여행의 시간을 기꺼이 허비했다. 지금까지도 치앙마이는 가지 못하고 있다. 언젠가는 아직 마무리하지 못한 나의 첫 여행을 마무리할 것이다.

첫 여행 뒤 십이 년의 세월이 흘렀고 지난해 다시 하노이를 찾았다. 몇몇 이름난 요리사와 동행했다. 파스타를 만드는 요리사도 있었고 스테이크를 굽는 요리사도 있었다. 요즘 유행하는 '맛 기행'이었다면 좋았겠지만, 아쉽게도 베트남 현지 기업의 급식 현장을 돌아보고, 기존 메뉴 개선과 새 메뉴 개발 등 급식과 관련한 여러 일을 기획하기 위해서였다. 2박 3일 동안 머물며 현지 조리사, 영양사들과 만나 음식과 요리에 관한 여러 이야기를 나눴다. 이렇게 써 놓고 보니 참 우습다. 급식 현장을 돌아보고 메뉴 개선을 위해 하노이를 찾은 여행작가라니!

하노이는 그대로였다. 노이바이 공항에 도착해 시내로 가며 만나는 엄청난 오토바이 행렬은 여전히 멀미가 날 만큼 복잡했다. 십이 년 전 밤, 하노이를 찾았을 때처럼 호안키엠 호수 주위를 걸었고 노천 카페에서 쌀국수를 시켜 놓고 맥주를 마셨다. 쌀국수 면 1킬로그램의 단가가 얼마인지, 어느 한국의 유명 쌀국수 프랜차이즈의 분짜가 얼마나 엉터리인지, 왜 한국의 연유로는 베트남 커피 '쓰으다'의 맛이 안 나는지에 대해 이야기했다. "모든 건 저울로 달아야 해. 그래야 맛이 나." 파스타를 만드는 요리사가 말했다. 나는 고개를 끄덕였다. "요리는 계량이 중요하죠." 스테이크를 굽는 요리사가 고개를 끄덕였다.

세월을 지나오면서 눈대중보다는 저울을 믿게 됐다. 숫자를 신뢰하게 됐다. '알아서 주세요', '적당히 주세요'라고 말하는 사람보다 '1킬로그

램만 주세요'라는 사람이 더 좋더라구요. 가능하다면 '당신을 얼마만큼 사랑해요'라고 말하고 싶어요. 그 '얼마'에 숫자를 넣을 수 있다면 좀 쉬울텐데. 예전엔 82만큼 사랑했는데. 지금은 145만큼 사랑해요. 난 당신이 347만큼이나 싫어요. 키득키득. 내가 이렇게 말했지만 아무도 듣지 않았다. 쌀국수를 먹으며 사랑을 이야기하기에 우리는 너무 오래 산 것이다.

밤은 점점 깊어 갔고 우리는 쌀국수와 분짜와 맥주와 이름이 기억나지 않는 베트남 요리에 배가 불렀다. 우리는 팁을 넉넉하게 놓아두고 식당을 나섰다. "변한 게 하나도 없네요." 내가 말했다. "변하는 건 없어. 변하는 것처럼 보일 뿐이지." 파스타를 만드는 요리사가 말했다. 거리는 더웠고 오토바이 숫자는 줄어들지 않았다.

호텔로 돌아와 맥주를 더 마셨다. 창밖으로 오토바이 불빛들이 이리저리 흘러 다니고 있었다. 맥주는 미지근했고 나는 고독했다. 하지만 어쩔 수 없는 일. 여행을 하면서 알게 된 건 이 세상은 어디든 다 똑같고, 고독은 혼자 해결해야 한다는 것.

다음 날 저녁 우리는 '36거리'를 거닐다가 맥주 거리에 자리를 잡고 앉았다. 낮에 사업 파트너와의 미팅 결과가 썩 좋지 않았다. 처음 그를 만났을 때, 그가 보여준 무례한 태도를 열정과 자신감이라고 여기고 넘겼는데, 시간이 지날수록 무례함이었다는 걸 알게 됐다. 일이 틀어질 것 같은 조짐이 보인다. 될 대로 되라지. 열정이 최고라고 생각했던 적이 있었지만 금방 식어버리는 것 역시 열정이라는 것도 알게 됐다. 열정이라는 것은 응원단과 같다. 부추길 때는 힘차게 피리를 불지만, 실수를 하면 얼굴을 싹 바꾸고 비난하기에 바쁘다. 비즈니스는 열정만 가지고 할 수 있는 것이 아니다.

사랑도 마찬가지. 지난 세월, 내가 사랑이라고 생각하며 함께 여행했던 것들이 다만 스쳐 지나가는 것들에 불과했다. 나 혼자 그것들의 뒷모습을 바라보며 아쉬워했고 안타까워했다. 지평선 너머로 사라져 가는 그것들의 희미한 모습을 지켜보며 애닳아 했다. 사랑은 잊을 수 있다. 아니 사랑은 잊혀진다. 내가 지난 여행을 잊고 새 여행을 준비하듯, 내가 여행에서 잊혀지듯. 길 한복판에 서서 에버노트에 이렇게 메모했다. '사람에게는, 그리고 인생에게는 기대보다 각오를.'

사업 따위는 까마득히 잊고 우리는 며칠 동안 하노이를 돌아다녔다. 먹고 웃고 떠들었다. 아침이면 안개 가득한 호안키엠 호수를 산책했다. 낮 동안에는 하노이 이곳저곳을 도보로 여행했다. 문묘, 호치민 광장, 성요셉 대성당 등등. 수상 극장에서 수상 인형극도 보며 즐거운 시간을 보내기도 했다. 시클로도 탔다. 노련한 시클로 운전수는 여행자들이 갈 수 없는 하노이 구석구석으로 안내했다. 황갈색톤의 빌딩과 프랑스풍의 카페들, 근사한 레스토랑과 바가 잔뜩 몰려 있는 거리를 지났고, 베트남식 가옥이 즐비한 거리를 지나기도 했다. 마음에 드는 풍경을 만나면 시클로를 세우고 사진을 찍었다.

여행 마지막 날에는 하노이 구시가지의 어느 쌀국숫집에서 쌀국수를 먹었다. 국물의 온도는 적당했다. 육수 맛은 깊었고 면은 연하고 부드러웠다. 쇠고기가 푸짐하게 올라가 있었다. 쌀국수를 먹으며 나는 조금 더 어른이 됐다는 사실을 깨달았다. 조금 더 다른 얼굴을 갖게 됐고, 조금 더 깊은 눈빛을 가지게 됐다. 어쨌든 여행이 내 생을 이끌어 가고 있는 것이다.

하노이 노이바이 공항이다. 사람들은 모두 각자의 방향으로 각자의 짐을 끌고 가고 있다. 공항 바에 앉아 오가는 사람들을 바라보고 있노라면 모든 사람에겐 각자가 가야 할 방향이 있다는 생각이 든다. 가면서 겪는 모든 인생은 완벽하게 다를 것이다.

비행기가 이륙했다. 내가 탄 비행기 창밖으로 날개 너머 멀리 사라져 가는 또 다른 비행기를 보았다. 구름 너머로 긴긴 비행운을 남기고 사라진 어느 방향의 궤적. 내가 지나왔던 그 비행의 궤적도 지금은 덧없이 사라졌겠지. 나는 잠시 눈이 아팠고 비행기 창문을 쓰다듬었다.

그러니 어찌 모든 여행이 아름답지 않을 수 있을까. 궤적은 사라지고 흔적은 소멸하는데, 어찌 모든 인생을 걸고 사랑하지 않을 수 있을까. 그날. 이륙한 비행기가 저녁의 하늘을 천천히 선회하던 그날, 앞으로의 인생을 가만히 가늠해 보던 그 저녁. 걸어야 할 걸음을 착실하게 걷다 보면 어느새 목적지에 도착해 있을 것이라고 생각했다. 그 믿음에는 지금도 변함이 없다.

오늘이 나쁘다고
내일까지 나쁘라는 법은 없어

"해가 뜨면 모든 게 달라질 거에요. 내일은 날씨가 좋을 테니까 걱정말
고 굿 나잇."

프리티는 이렇게 말하며 손을 흔들었다. 그녀가 탄 밴이 폭우 속으로 서
서히 사라졌다. 야자수 잎은 비바람에 흔들렸다. 더반에 도착한 지 사
흘. 사흘 동안의 폭우. 오후에는 호텔에서 어두운 창밖을 바라보며 비치
보이스를 들어야만 했다.

하지만 다음날 해가 뜨자 프리티의 말처럼 모든 게 달라졌다. 누군가 마
법을 부린 것 같았다. 해 뜰 무렵의 바다는 황금빛으로 찬란했고 야자수
는 기분 좋게 잎사귀를 흔들어 댔다. 해변은 조깅하는 사람들과 스케이
트 보드를 탄 청년들로 넘쳐났다. 바다에는 서퍼들로 가득했고 바다는
그들에게 멋진 파도를 선사해 주었다. 서핑 보드 위에 걸터앉아 파도를
기다리는 그들의 모습은 수도승처럼 경건했다.

더반에서 사흘만 머물다 보면 더반을 진정으로 즐기고 사랑하는 이들이
서퍼라는 데 동의할 수밖에 없을 것이다. 해 뜨기 전 바다로 나간 그들
은 바다 위에서 아침 안부 인사를 나눈다. 해가 뜨면 바다에서 나와 샌

드위치로 아침을 먹은 후 출근하고 퇴근하기가 무섭게 다시 서핑 보드를 챙겨 바다로 달려간다. 집과 일터와 바다를 오가는 심플한 삶. 그들을 보고 있노라면 일이란 적게 할수록 좋은 것이며 인생을 즐기는 가장 쉬운 방법은 즐거운 일을 하는 것이라는 사실을 새삼 깨닫게 된다.

어쨌든 해가 뜨자 모든 것이 달라져 버렸다. 우리는 서둘러 아침을 챙겨 먹고 선크림을 잔뜩 바르고는 자전거를 빌렸다. 더반의 해변 노스비치는 무려 12킬로미터나 이어지는데 자전거를 빌려 해변을 신나게 달리는 것이 더반의 멋진 날씨 속에 불시착한 어리둥절한 여행자가 해변을 즐길 수 있는 가장 초보적인 방법이다.

노스비치의 남쪽 끝에는 모요(Moyo)라는 카페가 있다. 수상 방갈로처럼 생겼는데 여기에서 바라보는 더반은 하나의 완벽한 세계다. 짙푸른 인도양과 황금빛 해변, 세련된 빌딩으로 가득한 도시가 다정하게 어울려 있다. 해변에는 백발의 노부부들이 손을 잡고 느긋한 걸음으로 걸어가고 이제 걸음마를 시작한 아이에게 바다를 가르치는 아빠도 있다.

점심은 해변에 위치한 서퍼 라이더라는 레스토랑에서 햄버거와 피자를 먹었다. 이곳에서 직접 만든 맥주는 정말 향기롭고 맛있었다. 웨이터는 맥주를 탁자에 내려놓으며 "자, 인도양의 파도를 마셔 버리는 거야"하며 눈을 찡긋했다. 맥주와 함께 햄버거를 먹으며 우리는 행복했다. "이처럼 완벽한 날씨와 풍경 속에 있다는 게 믿어지지 않아." 누군가가 말했고 우리는 동시에 고개를 끄덕였다. "그렇지. 오늘이 나쁘다고 내일까지 나쁘란 법은 없어. 내일은 분명 오늘보다 더 좋을 거야." 이렇게 말하며 우리는 맥주잔을 힘껏 부딪혔다.

그러니
계속 걸어가렴

케이프타운 등대에서 희망봉 가는 길, 해가 뉘엿해질 무렵, 바다는 황금 빛으로 서서히 물들어 가고 있었다.

한 아이가 엄마 손을 잡고 걸어가고 있었다. 아이는 다리가 아픈지 자꾸 만 칭얼댔다. 엄마는 바다가 잘 보이는 벤치에 아이를 앉혔다.

"애야, 여행은 우리가 원하는 것만 얻을 수는 없다는 걸 가르쳐 주지. 하 지만 우리가 원하지 않는 것을 얻었을 때 그 기쁨이 얼마나 큰지도 가르 쳐 준단다. 그러니 계속 걸어가렴."

이렇게 말하는 듯했다.

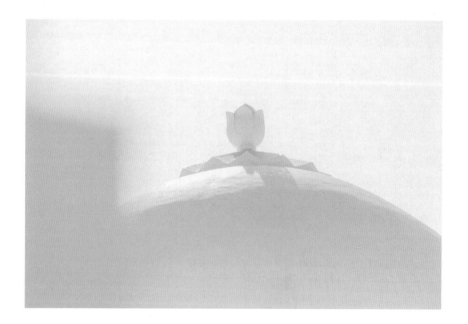

목련의 시간

유치원에 아이 데려다주러 가는 길,
204동 앞 그늘에
목련 한 그루 우두커니 서 있다

꽃은 아직 덜 피어서 깨진 사기그릇 같다

이제야 피는구나
아니, 지는구나

봄 지나간 지 오래인데

벚꽃 다 지고 개나리도 졌건만
봄이 온 줄도 몰랐던 사람 앞에서
저 목련은 홀로 봄이다
자신만의 시간을 살고 있다

아이가 어서 가자고 손을 당긴다

혹등고래의
캔맥주 따개 꼬리

지난해 9월 노르웨이 트롬소에서 북극해로 나가는 배를 탔을 때다. 바닷속에서 혹등고래 한 마리가 떠올라 물을 뿜었고 커다란 꼬리를 보여주고는 사라졌다. 우릴 환영한다는 거야. 고래의 꼬리를 본 사람은 행운이 따라다니지. 얀센은 수평선 너머로 손가락을 가리켰다. 빙하가 천천히 떠내려가고 있었다. 오늘은 섭씨 41도. 땀에 젖은 티셔츠가 생계처럼 등줄기에 달라붙는다. 발치에 흰색 셔틀콕이 떨어져 있었는데, 한 무리의 개미가 그 위를 일렬로 길게 줄을 지어 지나가고 있다. 9월의 폭염주의보. 때묻은 빙하 위를 줄지어 걸어가는 앙상한 북극곰들. 나는 발끝으로 셔틀콕을 쓱 밀며 중얼거린다. 제자리가 있다면 어떤 방향일까. 아마도 모든 것들이 녹아가는 방향인지도 모르지. 얀센, 따라다닌다던 행운은 어디로 사라져 버린 걸까. 오늘은 섭씨 41도, 뜨겁게 달궈진 편의점 파라솔 아래에서 캔맥주를 딴다. 거품이 빙하처럼 녹아 흐른다. 9월은 점점 더워지고 있고 캔맥주 따개는 어쩌면 혹등고래의 꼬리를 닮은 것도 같다.

인생이 팩트로만
이뤄진 건 아니죠

홍콩 카오룽 시티에 팀초이키(Tim Choi Kee)라는 식당이 있다. 배우 주
윤발의 단골 죽집으로 알려진 곳이다. 1948년 처음 문을 열었고 지금은
3대째 운영하고 있다. 콘지, 완탕 등 홍콩 서민들이 즐겨 먹는 음식을
판매한다. 홍콩에 음식이라는 주제로 취재 여행을 떠났을 때 당연히 팀
초이키도 취재 목록에 올라 있었다.

늦은 점심을 먹기 위해 미니밴을 타고 팀초이키로 가는 길이었다. 주윤
발이 단골로 다니는 죽집이라, 어쩌면 운이 좋으면 만날 수도 있겠군.
주윤발은 서민적인 행보로 유명한 배우다. 세계적인 대스타답지 않게
검소하게 생활한다. 지하철을 타고 다니는 모습이 인터넷에 가끔 올라
오기도 한다. 그는 전 재산 56억 홍콩 달러(약 8,100억 원)를 전부 기부
하겠다고 밝혀 화제가 되기도 했다.

버스를 타고 가는데 창밖으로 키가 휘청한 한 남자가 백팩을 메고 걸어
가고 있었다. 검은 트레이닝복을 입고 짙은 선글라스를 쓰고 있었다. 주
윤발이었다. 주윤발 단골 죽집을 취재하러 가고 있는데 주윤발을 만난
것이었다. 버스에서 급히 내렸을 땐 그는 이미 모퉁이를 돌아 사라지고
없었다. 서둘러 모퉁이로 뛰어갔다. 몇몇 사람들이 어떤 가게 앞에 모여

있었다. 아, 저 가게에 주윤발이 있구나.

휴대폰 충전기 등을 파는 만물상 같은 가게 카운터에 그가 서 있었다. 나도 모르게 휴대폰을 꺼내 사진을 찍다 그와 눈이 마주쳤다. "같이 찍자구요". 그가 나에게 손짓을 했다. 주윤발과 함께 내 휴대폰으로 셀피를 찍었다. 물론 그가 찍었다. 나보다 팔이 기니까. 사진을 찍은 후 그는 '감사합니다' 하고는 거리 끝으로 사라졌다. 건네받은 휴대폰을 든 손이 살짝 떨리고 있었다.

팀초이키에서 '뎅짜이 콘지'와 '야오티우 장편'을 먹었다. 주윤발이 즐겨 먹는 요리라고 했다. 뎅짜이 콘지는 '어부들의 죽'이라는 별명이 붙은 요리인데, 돼지 껍데기와 오징어, 쇠고기, 땅콩 등을 넣어 죽으로 끓인다. 팀초이키의 콘지는 다른 식당들과 달리 새벽 3시부터 6시 반까지 푹 끓여 내기 때문에 식감이 부드럽고 풍미가 진하다. 맛은 잘 기억이 나지 않는다. 그냥 주윤발이 즐겨 먹는 요리라고 했다.

숙소로 돌아와 고등학교 2학년 아들에게 주윤발과 찍은 사진을 보내며 물었다. '주윤발 알아? 우연히 만나 같이 사진 찍었어.' '주윤발? 글쎄 잘 모르겠는데……' 주윤발을 모르는구나. 뭐, 그럴 수도 있지.

침대에 누웠는데 어딘가 마음 한구석이 쓸쓸했다. 한 시대가 지나간 듯한 느낌이 들었다. 북적거리는 거리를 걸어가던 대배우의 뒷모습이 어른거렸다. 뭐 어쩌겠어, 꼬박꼬박 흘러가는 것이 세월의 일인 걸. 일어나 거울을 보았다. 그 속엔 하얀 턱수염의 남자가 있었다. 낯설었다. 여행을 하고 낯선 음식을 먹으며 나는 낯선 사람이 된 것이다. 그리고 앞으로도 점점 더 낯선 사람이 되겠지. 어쨌든 홍콩에서의 10월 어느 날, 주윤발 단골 죽집을 가다가 주윤발을 만난 적이 있다. 그게 팩트다. 인생이 팩트만으로 이루어지는 건 아니지만.

제5장

모든 꽃들이 시들고 모든 풍경이 사라져도

나만 생각할 것

나만 생각할 것.

이번 여행에서는 홀로 환한 저 벚나무처럼
나만 생각할 것.

당신 말고 오직 나만.

지금 사랑해야지.
우린 점점 사라지고 있으니까

높은 천장에는 팬이 돌아가고 있다. 창밖에는 푸른 바다. 샴페인을 들고 발코니로 나간다. 여기는 몰디브다. 적도의 햇살에 눈이 부시다. 샴페인 한 모금을 마신다. 한국에서의 어지러운 일을 정리하고 새 일에 대해 생각해 볼 요량으로 왔다. 하지만 여기 와서는 아무 생각이 없어져 버렸다. 매일매일 바다만 바라보고 있다. 역시 해변은 생각하는 인간을 좋아하지 않는다.

이곳에서의 하루 일과는 이렇다. 새벽 6시 30분 일어난다. 창문으로 들어오는 붉은 아침빛이 눈을 뜨게 만든다. 차가운 생수를 마시고 발코니 문을 열고 밖으로 나간다. 발코니 앞은 바다. 발코니 끝에 바다로 내려가는 계단이 있다. 계단에 앉아 바닷물에 발을 담그고 해가 뜨는 걸 지켜본다. 이마가 붉게 물들 때쯤이면 작은 상어 몇 마리가 다가와 놀다 간다. 그리고 다시 침대로 돌아와 잔다. 아침 아홉시면 아침을 먹고 오전 내내 스노클링을 한다. 점심을 먹고 낮잠. 오후에는 다시 스노클링을 하든지 마사지를 받는다. 늦은 오후에는 잘 구워진 오징어와 참치를 먹으며 샴페인을 마신다. 그러다 보면 해가 진다. 저녁이 와서 해변이 보랏빛으로 물들고 차가운 맥주를 마신다. 이 모든 걸 내 비자 카드가 전부 하는 걸 알고 있지만, 그래도 살면서 이런 날도 며칠쯤은 있어야지.

여행은 생을 잊는 그리고 극복하는 가장 좋은 방법.

몰디브에서의 마지막 날, 해변의 식탁에서 저녁 식사를 했다. 파도소리가 식탁 위를 적셨고 갈매기 한 마리가 우리 머리 위를 맴돌았다. 짙은 턱수염을 기른 몰디브 남자가 자기는 인도 서쪽 출신인데, 그곳으로는 돌아가고 싶지 않다고 말했다. 우리는 샴페인을 마시며 아침 바다에서 스노클링을 하며 보았던 만타 가오리와 스리랑카의 낚시법에 대해 이야기를 나누었다.

"아름답죠". 몰디브 남자가 샴페인 잔을 살짝 들며 말했다. 작은 거품들이 잔 아래쪽에서 솟아올랐다. 세상에서 가장 아름다운 건 뭘까. 사랑, 미소, 무지개, 바다, 안개 가득한 새벽⋯⋯. 그런 건 없어. 다 사라지니까. 나도 모히토 잔을 들었다. 세상에서 가장 아름다운 건 바로 지금이야. 이 순간이지. 보랏빛으로 가득한 저녁이었다. 사랑이든 일이든 무언가를 시작하려면 바로 지금이 아닐까. 우린 점점 사라지고 있으니까. 모히토에 든 얼음이 녹아내리며 달그락거렸다.

바간에서

바간의 새벽. 비가 내린다. 탑이 바라보이는 어느 게스트 하우스. 양철 지붕을 때리는 빗소리가 요란하다. 빗방울 끝마다 당신 얼굴이 있고 빗소리를 따라 당신이 잠든 창가로 간다.

천둥이 칠 때마다 탑은 홀로 빛나고 나는 사랑으로 날카로운 높이를 세운 어느 석공의 마음을 가늠해 본다. 탑의 끝은 왜 날이 서 있는가. 왜 서늘하게 빛나는가.

많은 과거를 뒤로 하고 바간으로 왔다. 과거는 더 이상 존재하지 않고 미래는 아직 다가오지 않았다. 우리의 현재는 서로에게 무의미하다. 우리는 각자의 여기에서 각자의 지금을 살고 있을 뿐이니까. 우리는 언제나 서로에게 주관적이고 그래서 우리는 서로를 이해할 수 없다. 서로에게 아무런 의미가 될 수 없다. 그것을 아는 슬픔.

세상의 모든 사물들이 끝없이 당신을 사랑하고 있다고 알려 준다. 하지만 우리가 만나지 못하는 이 세계는 얼마나 넓은가. 우리는 언제나 서로를 잊으려 하고 있다.

조금 더 낙관적이 되었고
조금 더 사랑하게 되었습니다

어느 날 나는 길을 나섰다. 나와 세계 사이에 여행이라는 사건이 발생했다. 나비 한 마리가 봄을 데리고 날아오듯, 무심히 쓴 단어 하나가 아름다운 한 권의 책을 탄생시키듯, 어느 날 우리는 길을 떠났고 이 세계를 더 깊이 사랑하게 됐다.

여행을 하며 우리는 수많은 선량함과 만났다. 수많은 선의가 손을 내밀었고, 그 손을 잡아가며 우리는 조금씩 더 나은 인간이 되어갔다.

우리가 떠난 사이 무성해지던 여름과 술이 익어 가던 가을, 눈썹이 차갑게 얼어붙던 겨울과 홀연히 떠올랐던 어느 봄의 구름들. 밤새 울던 들판과 잠들지 못하던 딱딱한 침대의 나날들. 그래도 여행이 우리 인생을 조금 더 나은 방향으로 이끌 것이라는 걸 의심하지 않았던 날들.

오랜 여행에서 돌아와 빨래를 세탁기에 담그고 손발톱을 깎는다. 톡톡 톡 그리움을 잘라 낸다. 어느새 계절이 바뀌었다. 우리는 조금 더 낙관적이 되었고 조금 더 세상을 사랑하게 되었다. 많은 그리움을 만들었지만, 그리움을 그리움인 채로 남겨두는 법도 배웠다. 그리움이 커져 하나의 큰 파도가 되고 그 파도가 밀려들어 우리의 발목을 따뜻하게 적실 것이라는 걸 알게 됐다.

서로에게 솔직하면 나빠지지는 않을 거야, 우리는 그렇게 믿고 있다. 이젠 돌아왔으니까, 여행은 끝났고 생활이 시작됐으니까. 조금은 다른 표정으로 살아가자. 잘 가라 여행이여, 어떤 날의 사랑이여.

밤의 공항에서

밤의 공항입니다. 배낭을 베고 공항 바닥에 드러누워 있습니다. 게이트
가 열리려면 아직 다섯 시간이나 남았군요. '밤의 공항'……. 세상에서
가장 피곤하고, 가장 외로운 말인 것 같습니다.

피곤하지만 잠은 오지 않습니다. 억지로 눈을 감고 있으니 이런저런 생
각이 머릿속을 스쳐 지나가네요. 우린 왜 이렇게 피곤한 인생을 살고 있
을까요. 끊임없이 어디론가를 향해 떠나야 하고, 끊임없이 누군가를 사
랑해야 하고, 끊임없이 이별을 당해야 하는 걸까요.

공항에서 자주 후회합니다. 결국 돌아가고 말 것을 왜 떠났을까. 애당초
떠나지 않았다면 그리움 따위 만들지 않았을 텐데……. 그래서 모든 인
생은 결국 실패라고 생각하는가 봅니다. 그래서 지나온 인생을 통째로
불태워 버리고 싶은 것이고요. 여행을 자주 떠나 본 이들은 알 겁니다.
모든 여행이 허무하다는 사실을요. 우리를 나아가게 한 건 의지가 아니
라 착각이었다는 것을요. 결국 그걸 알게 될 것입니다.

운명은 언제나 우리를 괴롭히는 것 같습니다. 괴롭히는 것, 그게 운명의 운명 같습니다. 그런 생각이 들 때면 어두운 곳으로 자진해서 걸어 들어갑니다. 무릎을 웅크리고 혼자 있습니다. 어둠을 겪어 보지 않고서는 빛을 알 수 없는 법입니다. 마음속에 어둠이 없는 자는 세상을 건널 수 없습니다. 여행은 내가 어둠 속으로 걸어 들어가는 일입니다. 사랑은 내가 가진 어둠을 당신과 나누는 일이구요. 이만큼 살아 보니 알겠습니다. 친구 따윈 필요 없더군요. 책과 음악, 그리고 어둠 한 줌이면 그럭저럭 살아갈 수 있는 것이 인생입니다.

낯선 언어로 안내 방송이 흘러나옵니다. 멀리 비행기가 이륙하는 소리가 들립니다. 게이트가 열리려면 아직 네 시간이나 남았습니다. 우리는 모두 있는 힘을 다해 누군가를, 어떤 사건을 기다리고 있습니다. 기다리는 일, 그것은 있는 힘을 다해 이 생을 지나가는 일이기도 합니다. 운명이 나를 함부로 하지 못하도록 나는 사랑을 하고 글을 씁니다. 우리에게는 더 오래 기다리는 연습이 필요하고요, 아직 잠은 오지 않습니다. 어둠이 가득 고여 있는 이곳은 밤의 공항입니다.

모든 꽃들이 시들고
모든 풍경이 사라져도

인도 동북부에 아그라탈라라는 도시가 있다. 붉고 푸른 옷을 입은 사람들, 나비의 궤적을 닮은 손짓으로 춤을 추는 사람들이 살고 있다. 밤이면 거짓말처럼 조용해지는 도시. 도시 한가운데에는 호수가 있는데 이호수에 옛 마하라자가 살던 궁전이 신기루처럼 떠 있다. 형형색색의 배를 타고 궁전에 도착하면 짙은 눈썹과 깊은 눈을 가진 여인들이 피리를 불고 어깨 위로 장미 꽃잎을 뿌려 준다.

아그라탈라에서 사흘을 머물고 떠났다. 기차가 출발할 때 이 생소한 도시에 다시 올 일이 있을까 하는 생각이 들었다. 다시 올 수 있을까. 이곳의 풍경 속에서 다시 차를 마시고 이곳의 사람들과 다시 미소를 나눌 수 있을까. 하지만 지금까지 여행하는 인생을 살며 '다시 오게 된 이곳'이 얼마나 많았던가. 기나긴 기차의 기적 소리를 들으며 나는 분명 이곳에 다시 오게 될 것이라는 예감이 들었다.

나는 애초에 떠나가지 않았던 것처럼 보통의 걸음으로, 태연한 미간으로 이 저녁에 다시 앉아 있게 되겠지. 달은 보름에 가까워 똑같은 각도에서 이마를 비추겠지. 그러니까 여행은 다시 돌아가고 싶은 마음을 만드는 일이고 그래서 여행은 사랑과 비슷한 것 아닐까.

'다시'라는 말. 다시 오게 될 것이고 다시 만나게 될 것이라는 예감. 피리 소리처럼 가느다란 그 희망과 예감이 우리를 길 위에 올려놓고 우리를 밤새워 기다리게 한다. 모든 꽃들이 시들고 모든 풍경이 사라져도, 세상의 모든 잠언들이 인생이 덧없다고 속삭여도, 나는 다시 돌아올 것이고 나는 인생을 이어갈 것이다. 내가 여행을 떠나는 이유다.

사랑같은 건
없어도 되고

바간은 미얀마 이라와디강 동쪽에 자리한 도시다. 11~13세기 버마족은 이 도시를 수도로 삼아 바간왕조를 세웠다. 4000여기의 불탑과 수많은 사원이 바간의 아득한 들판을 메우고 서있다. 여행자들은 자전거나 오토바이를 빌려 탑과 탑 사이를 메뚜기처럼 건너 다닌다.

낮 동안 먼지를 흠뻑 마신 여행자들은 해가 지면 노천 카페나 식당으로 몰려들어 쌀국수를 먹으며 낮 동안의 여행에 대해 이야기한다. 여기엔 시원한 맥주 한잔도 빠지지 않는다. 미얀마에는 미얀마맥주(Myanmarbeer)라는 아주 맛있는 맥주가 있는데 홉향이 진하고 목넘김이 칼칼하다.

이 맥주 옆에 반드시 놓이는 음식이 모힝가로, 생선 국물을 우려내 만든 쌀국수다. 이 쌀국수에는 양파 레몬그라스 생강 파 마늘 바나나 무 줄기 등을 함께 넣어 먹는데, 베트남, 태국, 라오스에서 먹던 쌀국수와는 맛과 향이 확연히 다르다. 처음 맛보는 이들은 약간 비린 육수 때문에 얼굴을 찡그리지만 2~3일 미얀마에 머무르다 보면 아침부터 모힝가를 찾게 된다.

쌀국수는 조용한 방에서 먹는 것보다는 노천식당에서 먹는 것이 더 좋다. 나는 세상의 모든 국수집은 모름지기 떠들썩해야 한다고 생각한다. 쌀국수는 영어, 프랑스어, 중국어, 일본어가 뒤섞인 여행자 거리의 와자지껄한 분위기 속에서 금방 나온 뜨거운 국물을 후후 불어가며 먹어야 맛있다. 국물을 삼킬 때 거리에 떠도는 강렬한 고수 냄새가 콧속으로 훅 들어와야 한다.

쌀국수가 좋은 점은 누구라도 평균 이상 맛을 낼 수가 있다는 것으로, 동남아에서는 더 더욱 그렇다. 아주 맛있는 쌀국수를 먹은 적은 많지만 고개를 절레절레 흔들 정도로 맛없는 쌀국수를 먹은 적은 없는 것 같다. 대부분의 쌀국수가 '이 정도면 괜찮군. 먹을 만해' 하는 생각을 들게 하는데 아마도 재료 때문이 아닐까.

맥주를 먼저 한 모금 마시고 쌀국수 한 젓가락을 집어 들든, 쌀국수 한 젓가락을 먹고 난 후 맥주를 벌컥벌컥 마시든, 어느 순서로 먹어도 상관없지만 개인적으로는 맥주를 먼저 마시기를 추천한다. 맥주를 먼저 마셔야 맥주와 쌀국수 맛을 둘다 온전히 느낄 수 있다. 아무래도 맥주는 빈속에 마셔야 제 맛이고, 뜨거운 동남아 햇살에 지친 몸을 시원한 맥주로 식혀 줘야 몸의 감각이 제자리를 찾기 때문이다. 그다음 '어디 한번 먹어볼까' 하고 젓가락으로 쌀국수를 집어드는 것이다.

잠깐 들른 미얀마의 바간, 멀리 탑들이 별빛 아래 희미하게 빛나고 있다. 맥주도 시원하고 쌀국수는 맛있다. 동남아시아를 여행할 때마다 이 세상을 살아가는 데는 음악, 맥주, 쌀국수 정도만 있다면 그럭저럭 살 만하다는 생각이 든다. 가끔 노을을 볼 수 있고 더위를 식혀주는 스콜이 내리면 더 좋고, 사랑 같은 건 없어도 되고 말이다.

우리는 사랑했고
더 깊은 눈동자를 가지게 되었습니다

갑작스러운 고백처럼 다른 계절이 찾아왔군요. 햇살은 잠자리 날개처럼 바스락거리고 이마에 닿는 바람은 서늘합니다. 바뀐 계절을 핑계 삼아 저는 먼먼 곳으로 여행을 떠나왔습니다. 여기는 프라하입니다. 우리가 포옹했던 자줏빛 저녁과 서로의 팔꿈치를 부딪히며 걸었던 가로등 어두웠던 거리는 어느 여름의 해변에 남겨두었습니다. 옛날 일들은 파도가 지워 주겠지요.

오늘 오후에는 오래된 자갈이 깔린 어느 골목을 걸었습니다. 붉은색 트램이 종을 울리며 지나갔습니다. 처음 만난 여행자의 사진을 찍어 주었구요, 이 도시에서 가장 유명한 아이스크림 가게에도 갔습니다. 관광객들은 시끄럽게 웃으며 노천 카페에 모여 있더군요. 알아듣지 못하는 이국의 언어가 오히려 위안이 되었던 하루였습니다. 낯선 곳만큼 새롭게 시작하기 좋은 장소가 또 있을까요.

호텔에 들어와서야 오늘 산 마그넷을 잃어버렸다는 걸 알았습니다. 글쎄요. 올해 6월부터 뭔가를 계속 잃어버리고 있네요. 여행을 갈 때마다 하나씩 꼭 잃어버리고 온답니다. 재킷이며 면도기, 시계, 팔찌, 이어폰, 지갑 등등. 여행에선 뭔가를 잃어버리는 게 당연하지만 그래도 속상한 건 어쩔 수 없네요.

마음을 달래려고 호텔 창가에 앉아 맥주를 마셨습니다. 달콤쌉싸름한 체코 맥주를 앞에 두고 멍하니 창밖을 바라보았습니다. 창문에 어느 서툰 여행자의 얼굴이 비치더군요. 사십 년을 살아오고 그중에서 이십 년을 여행한 어느 여행자가 어두운 호텔에서 홀로 맥주를 마시고 있더군요. 나는 여기서 도대체 뭘 하고 있는 거지? 고작 마그넷 하나를 잃어버리곤 이렇게 실망한 표정으로 앉아 있다니. 한숨이 나왔습니다.

여행도 인생도 참 어렵습니다. 이십 년을 여행했고 사십 년을 살아왔지만 여전히 서툽니다. 삶이란 게 살아 갈수록 경험이 쌓여서 쉬워져야 하는데 갈수록 피곤해지기만 합니다. 앞으로도 여전히 서투른 여행자, 서투른 사람으로 남겠지요. 내가 가진 지도는 너무 낡았고 나침반은 아직도 오리무중입니다.

밤이 깊어갑니다. 거리는 눈에 띄게 어두워졌습니다. 인생이란 게 묘하네요. 그렇게 와보고 싶었던 프라하에서 이렇게 실망스런 기분으로 앉아 있으니까요. 시간이, 세월이 그렇게 만든 것 같습니다. 한때는 그렇게 갖기를, 닿기를 열망했던 것들이 지금은 아무런 의미도 없습니다. 그 열망들은 어느새 빛이 바래 서랍 깊숙한 곳에 버려져 있습니다.

차창 속 얼굴이 속삭입니다. 영원한 건 없는 거야. 이 풍경들은 머지않아 잊을 것이고 너의 여행도 곧 사라질 거야. 그러니까 인생은 얼마나 비정한가요. 여행은 그걸 알게 되는 일인 것 같습니다. 다만 우리는 사랑했고 조금 더 깊은 눈동자를 가지게 되었다는 걸 위안으로 삼겠습니다. 맥주를 마시며 프라하에서 씁니다.

잠든 당신의 등에
귀를 댄 적이 있다

고래 뼈를 본 적이 있다.
갈라파고스 이사벨라 섬.
모래 바닥에 거대한 뼈가 드러누워 있었다.
완벽한 죽음의 자세.

고요 아닐까.
당신을 사랑하다 끝내 멸망하리라 다짐했던 그 고요가 아닐까.
뼈를 바라보며 깊은 숨을 들이마셨다.

하얀 선인장 같다고 생각했던 것도 같다.
선했고 선량했다.
몸에 비해 발이 작았으니까.
당신처럼 발가락이 얇았으니까.

잠든 당신의 등뼈에 귀를 갖다댄 적이 있다.
파도 소리가 흘러나왔다.
우리에게 얼마나 더 많은 일들이 일어나야
우리는 사랑이라는 곳에서 만날 수 있을까.

당신의 잠든 등을 열고 들어가고 싶었다.
가서 뼈처럼 눕고 싶었다.
거긴 따뜻할 것이고
당신의 숨소리로 고요할 것이고
한숨 자고 나오면 모든 일이
먼 옛날의 지나간 파도처럼 여겨질 테니.

당신의
솔을 따라

당신이 와서
건반 하나를 누르고 갔다
야자나무 잎이 흔들렸다,
솔……
바람이 지그시 지구를 밀고 있다
당신은 여행이거나 저녁이거나
당신은 낮은 목소리여서
어디까지 왔나,
한 번도 뒤돌아보지 않은 채 당신은
해변을 걸어갔다
솔 음의 발자국을 쫓아
당신을 따라가던 나는
음악을 알고
별을 알고
인생을 하찮게 여기는 솔의 기쁨도 알아 버렸는데
파도 앞에서
어떤 지워지는 이름 하나를 써 보곤
그 지워지는 모습이 아름답기도 하여서

또는 허망하기도 하여서
당신이 흔들고 간 야자수 아래에서
졸기도 하고
울기도 하면서 파도 같은 솔,
그 솔이 다시 오길 기다렸는데
잠든 당신의 등뼈에 귀를 갖다댄 적이 있었다
당신의 솔을 휘파람 불며
몰래 삶을 사랑한 적이 있었다

나는 더 많이 여행할 것이고
나는 더 오래 외로울 것이다

섭씨 13도의 오전. 입김의 계절이 시작될 것이다. 멀리 가고 싶은 마음을 누르기 힘들 것이다. 잊고 싶은 일들이 더 선명해지고 자주 눈이 매울 것이다. 거리엔 낙엽이 굴러다닐 것이다.

집을 나서며 몽골을 떠올렸다. 엘승타사르하이. 낙타가 그어 가던 지평선. 지평선을 따라 낙우송이 붉었고 그 붉은 가지 위로 눈이 내렸다. 하늘은 춥고 말울음 소리가 길었던 나날들. 낮부터 보드카를 마시곤 했지. 어떤 마음을 참아내려 애썼는데, 그 마음이 무엇인지는 몰라서 자주 우두커니 서 있곤 했다.

살다 보면 기억해야 할 것보다 잊어야 할 것이 더 많다는 걸 알게 된다. 잊는 것이 더 어렵기 때문에 신은 우리에게 사막과 바다와 겨울을 주었다. 가서 걸으라고, 가서 멍하니 서 있으라고, 새로운 사람을 만나 따뜻한 손을 잡으라고. 결국 오고가는 일, 결국 만나고 헤어지는 일, 결국 떠나고 다시 돌아오는 일 아닐까. 사는 것 말이다.

결국 공항이다. 어디론가 가기 위해 나는 서 있다. 쓰고, 읽고, 떠나는 일이 내겐 다 참고 견디는 방식이다. 여행은 생을 잊는 가장 쉬운 방법. 나는 무심한 세계에 있고 싶다. 카페와 호텔을 전전하는 삶이고 싶다.

다시 태어난다면 음악을 하고 싶다. 깊은 방 어둠 속에서 당신은 거기서 살고 있고 나는 여기서 살고 있을 뿐이라 여기며 건반을 누르고 싶다. 아무것도 하지 못해, 어떤 것도 내 뜻대로 되지 않아 사랑을 했던 것 아닐까.

계절에 대하여 쓰다가 결국 여행에 대해 쓰고 만다. 두고 온 풍경에 대해 쓰고 만다. 생에 대해 쓰고 당신에 대해 쓰고 어떤 울음에 대해 쓰고 만다. 이 연기 자욱한 마음을 뭐라고 불러야 할까. 오늘은 별 것 아닌 날들의 첫 날. 더 이상 특별한 일은 일어나지 않을 것이다. 다행인 건 내게 아직 많은 음악이 남아 있다는 사실.

나는 더 많이 여행할 것이고 나는 더 오래 외로울 것이다.

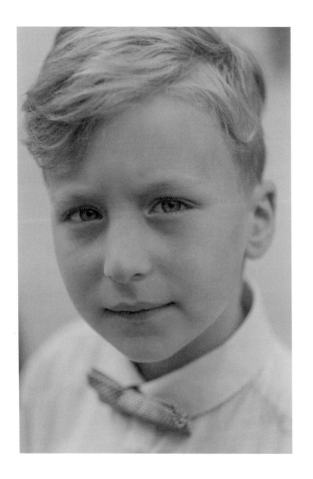

사랑은 떠나고
여행만이 남았으니

우기가 끝이 나려나 보다. 비끝이 얇다. 새들은 모두 처마 밑으로 돌아가 깃털을 고르고 있고 후박나무 잎에는 아직 지상으로 돌아가지 못한 빗방울이 물음처럼 고여 있다.

여기는 루앙프라방이다. 다시 이 도시에 왔다. 게스트 하우스 베란다에 앉아 탁하게 흐르는 메콩강을 바라보며 지난 여행의 날들을 기억하고 있다. 무엇이 나를 이 방향으로 이끌었을까. 물소리가 운명처럼 세차다. 술잔은 미지근하고 한숨은 딱딱하다.

루앙프라방에서 시작해 루앙프라방을 거쳐 다시 루앙프라방으로 돌아오는 동안, 수많은 달이 차고 기울었으며 많은 사랑이 지나갔다. 손잡지 못한 채 우두커니 서 있었던 시간들. 우리의 사랑은 일치하지 않았고 행성은 밤새 뜬 눈으로 우주를 회전했다. 그사이 나는 늙어 다른 사람이 되었고 마음의 온기는 조약돌처럼 식었다. 대부분의 안부가 궁금하지 않고 떠나기를 꿈꾸었던 도시의 이름들은 빛이 바래 초라해졌다.

그런 때가 있었다. 칸나가 여름을 향해 힘껏 붉어지듯 생의 지평선 너머 미지의 시간을 향해 힘껏 페달을 밟던 시간들. 그 시절 바퀴로 달려와 은빛으로 장렬히 부서지던 햇살들. 그때를 생각하면 여전히 눈이 부시고 숨이 차다. 그 시절을 청춘이라 부를 수 있으리라. 이젠 돌아갈 수 없는 그때. 여행에서 만난 사랑은 다시 만날 수 없고 잃어버린 물건은 영영 찾을 수 없다. 그러기에 여행은 비정하고 인생은 가차없다.

하루 종일 누자베스를 듣고 있다. 모든 일들이 농담처럼 여겨진다. 사랑 같은 일들은 멀찍이 밀어 두고 맥주나 홀짝이며 남은 생을 보내고 싶다. 아직도 이루고 싶은 꿈이 있지만 이젠 꿈으로 놔둬도 좋을 것 같다. 그 꿈들은 먼 밤하늘에 별로 떠서 나를 비추고 있겠지. 여행과 사랑이 아니었다면 나는 이 생을 무엇으로 노 저어 건넜을 텐가.

이제 사랑은 떠나고 여행만이 남았다. 내 여행이 시작된 루앙프라방, 가파르게 젖어 가는 바나나 나무를 바라보며 쓴다. 우기가 끝나려면 아직 멀었고 나는 작별에 더 익숙해져야 한다. 여행은 그걸 배우는 일이다.

사랑을 잊고
생과는 무관하게

새벽 네 시에 깨었다. 한 번 깬 잠은 돌아오지 않는다. 양을 세 듯, 버릇처럼 지난 여행의 지명들을 발음해 본다. 루앙프라방, 런던, 더블린, 가고시마, 카이로, 에든버러, 하노이, 방콕, 울란바토르, 류블랴나, 시안, 홍콩, 애들레이드, 도쿄, 팀푸로 이어진 숨가쁜 생의 노선들. 내가 찢어버린 수많은 생의 달력들은 아직도 길 위를 어지럽히고 있는데, 아무리 수첩을 뒤적여 봐도 내 여행의 사건들을 떠올릴 수가 없다. 사건은 흐릿하고 풍경은 희미하다. 마셨던 술의 맛은 도무지 기억나지 않는다. 그저 서쪽으로, 서쪽으로 걸었던 걸음의 방향만이 어둑하다.

어떤 마음 하나를 얻기 위해, 어떤 마음 하나를 내주기 위해
우린 인생을 바치고 돌아오지 않을 여행을 떠나기도 한다.
뒤돌아보면 당신은 바람 속에서 말없이 손을 흔들며 서 있었던가.
여행의 끝, 내가 들려줄 이야기란 그저 낮은 한숨에 불과할 뿐이라는 걸
당신도 잘 알면서.

다시 여행하고 싶은 새벽이다.
사랑을 잊고
생과는 무관하게.

변한 건 아무것도 없다.
아니, 모든 것이 변했다

스페인, 포르투갈, 몽골, 홍콩, 일본, 슬로베니아를 여행했다. 오랜 여행
이었다. 라 코루냐에서는 짙은 안개 속을 걸었고 산티아고에서는 햇살
에 눈부셨다. 포르투 동루이스 다리에서 본 노을은 그냥 먹먹했다. 아직
도 그리운 그날의 저녁. 리스본에서는 파두를 들었다. 어두운 조명 아래
에서 늙은 여가수는 인간은 모두 외롭다고 노래했다.

몽골의 가을은 비현실적이었다. 황금빛 낙우송 숲에 눈이 내리고 그 속
에서 천천히 걸어 나오던 쌍봉낙타들. 지평선 너머에서 불어오는 바람
에서는 가죽 냄새가 났다. 홍콩에선 어디로 가야 할지 몰라 자주 멈춰섰
고 나고야에서는 밤늦도록 사케를 마셨다. '이렇게 인생이 저무는 것도
나쁘지 않아, 아무도 모르는 곳에서 살고 싶어'라고 중얼거렸던 것 같
다. 슬로베니아에서는 드뷔시를 들으며 자주 졸았다. 호텔에서 트렁크
를 풀지 못할 때도 있었다. 선의로 가득한 사람들 사이에서 오랜만에 평
화로웠다.

다시 돌아왔다. 처음 떠났던 그 자리에 서 있다. 계절이 바뀌었군. 뭔
가 억울해 괜히 나무를 흔든다. 후드득 나뭇잎이 떨어진다. 작별. 여행
을 하며 나는 많은 사람들과 작별했고 많은 사건들을 잊었고 낯은 풍경

을 지웠다. 여행은 우리 생이 만남보다 작별로 가득하다는 것을 가르쳐 준다. 작별은 여전히 익숙하지 않지만 그래도 더 오래 여행을 하며 늙어 갔으면 좋겠다.

스타벅스에 앉아 있다. 변한 건 아무것도 없다. 아니, 모든 것이 변했다. 아니다. 어떤 건 변하고 어떤 건 변하지 않는다. 여행을 하며 나는 점점 다른 사람이 되어 갔지만, 여전히 시는 그리워하고 있다. 내가 시를 다시 쓰게 될지는, 쓸 수 있을지는 모르겠지만 훗날 시를 쓰지 않았던 세월을 후회할 것은 분명하다.

얼마간의 여행이 끝났다. 나는 약간 낯선 사람이 되었고 옛날과는 조금 다른 견해를 가지게 되었다. 처음으로 되돌아갔다는 뜻일 수도 있고 공항에서의 우연 같은 건 더 이상 기대하지 않는다는 말일 수도 있다.

어제는 치과에 갔다. 이를 뺐다. 이가 있던 자리가 낯설다. 치과를 나오니 가을이 끝나 있었다. 내게 있었던 단 하루의 가을. 다시 주머니에 손을 넣고 걷는다. 나는 그다지 좋은 사람이 아니다. 겨울아 오렴. 혹독한 얼굴로 오렴.

나는 여행했고
당신은 아름다웠다

인천 국제공항 제2 터미널. 미얀마 양곤으로 가는 KE471편을 기다리고 있다. 미얀마는 아주 오래전부터 가 보고 싶었던 곳이었다. 새벽녘 안개 가득한 들판에 서 있는 수많은 불탑들, 그 뒤로 해가 솟아오르는 풍경을 바라보며 눈물을 흘렸다는 말을 누군가에게서 들은 적이 있다. 보랏빛으로 물드는 바간의 아침을 나도 곧 보게 되겠지.

미얀마 여행을 앞두고 무언가에서 조금씩 벗어나고 있다는 느낌이 들었다. 예전과는 조금 다른 음악을 듣게 됐고 약간은 낯선 단어를 사용하게 됐으니까. 이제서야 모퉁이에서의 우연 같은 건 믿을 나이가 아니라는 걸 알게 됐다는 게 약간은 한심스럽기도 하지만 그건 어쩔 수 없는 일이다.

그리고 어느 오후, 듣지 않았으면 좋았을 말을 듣게 된 어느 오후, 나는 울어도 되지 않을 일에 울었다는 걸 알게 됐고 바간으로 떠나길 잘했다는 생각이 들었다. 떠나는 일, 잊는 일, 보내는 일 그것은 어쩌면 모래를 한 움큼 쥐었다가 놓는 일일지도 모른다. 스르르 빠져나가는 모래는 덧없지만 모래를 쥐었던 손의 감촉은 남아 있겠지.

그 옛날 소중했던 일이 지금은 아무 일도 아니듯 지금의 간절한 하루 역시 먼 훗날에는 한낱 사사로운 일이 되어 희미해질 것이다. 그렇지만 그건 누구의 잘못도 아니다. 그런 일이 일어날 수 있는 게 인생이고 내 인생에 그런 일이 일어났을 뿐이다. 인생은 오늘도 저쪽에서 나를 보고 웃고 있다.

여기는 공항이다. 절망과 슬픔을 말하기에 우리의 경험은 언제나 모자라지만 새로운 기억을 시작하기에 공항만 한 곳이 또 있을까. 그나마 나에게 다행인 건 언제나 여행하고 있다는 것. 때마침 한 권의 책을 끝냈고 나는 낯선 여행지를 향해 다시 떠나려는 참이다. 다녀와서는 다시 긴긴 문장을 써 내려가야 한다. 나는 더 많은 것을 포기해야 하고, 상상은 더 선명해져야 한다. 바간의 새벽 속을 떠다니는 벌룬을 바라보며 새로운 문장을 써야겠다는 마음이 생겨나면 좋겠다.

내 곁엔 아직 소중한 것들이 남아 있다. 그것들을 가지지 못하고 쓰다듬
지 못하는 마음, 그 안타까움을 사랑이라고 불러도 된다면, 나는 여전히
사랑을 하고 있다. 하루가 가고 하루가 가고 또 하루가 가고 이젠 그 사
랑에 대해 쓸 시간이 얼마 남지 않은 것을 안다. 그래도 여행은 계속될
것이다. 비행기 날개 위로 노을이 내린다. 떠날 시간이다. 그러고 보니
나는 언제나 떠날 시간에 서 있었구나. 별이 떴다. 떨고 있다. 슬픔을 버
티는 안간힘.

나는 여행했고 당신은 아름다웠다.

에필로그

여행을 하며 살아가고 있다. 그게 일이다. 내 인생의 많은 시간을 비행기와 기차, 버스 속에서 보낸다. 많은 아침들이 낯선 호텔 창가의 처음 보는 풍경 앞에서 시작된다.

여행을 하며 많은 도시를 지나왔다. 리스본, 멜버른, 애들레이드, 시애틀, 루앙프라방, 도쿄, 팔레르모, 상하이, 이스탄불, 카이로, 아디스아바바, 더반, 두바이, 런던, 류블랴나, 더블린, 바간⋯⋯. 그 이름들을 발음하기에도 숨이 차다. 그 동안 어깨에는 언제나 카메라 가방을 매고 있었다. 아침부터 밤까지 카메라 셔터에 손가락을 얹고 있었다. 산, 강, 바다, 들, 사막, 나무, 꽃, 구름, 바위, 안개, 새벽, 노을, 밤, 햇살, 골목, 음식, 여인, 아이, 노인, 농부, 어부, 웃음과 울음, 속삭임, 기쁨, 슬픔, 환호, 아쉬움, 작별을 렌즈에 담았다. 가끔, 아니 자주 파인더를 바라보는 눈이 피곤했고 다리가 아팠다. 일이었으니까. 숙소에 돌아오자마자 침대 위로 쓰러지듯 몸을 던지곤 했다. 아, 힘든 하루였어, 하고 중얼거렸다.

그러면서도 이 일을 20년 동안 해왔고, 지금도 하고 있다. 할 수 있는 일이 이것 밖에 없었기 때문이 아니다. 솔직히 말하자면, 나는 언제나 불평하고 있었지만 나는 누구보다 이 일을 사랑하고 있었다. 여행을 떠나고 글을 쓰고, 사진을 찍는 일. 어느 겨울 밤, 이 일을 사랑하고 있다고, 이 일을 하며 늙어가고 싶다고 누군가에게 고백했던 적이 있다.

여행을 하고 글을 쓰고 사진을 찍는 일, 그것은 내게 그것을 넘어서는 일이었다. 나는 아주 오래 전부터 혼자 있고 싶었는데, 여행과 글과 사진은 내가 혼자 있을 수 있는 방식이었다. 여행을 하며 나는 외로웠고, 글을 쓰며 나는 세상을 견딜 수 있었으며, 사진을 찍으며 나는 조금이나마 위로받을 수 있었다.

이렇게 쓴 적이 있다.
'아름다운 것들은 대부분 외롭고, 외로운 것들은 대부분 아름답다. 오로지 혼자이어야만 닿을 수 있는 곳이 있다'

여행을 하며 나는 일부러 늦게 도착하곤 했다. 모든 여행자들이 지나간 후의 풍경을 보고 싶었기 때문이다. 나는 남은 표정과 만나고 싶었다. 그들이 혼자 있을 때 만들어내는 동작을 보고 싶었다. 그들의 희미한 온기를 문장으로 더듬고 싶었다. 그러니까 나의 연착은 언제나 의도된 것이었다. 늦게 도착한 그곳에서 우리는 머뭇거리며 만났다. 우리 사이에는 약간의 어색한 공기와 약간의 경계심이 얇은 커튼처럼 존재하고 있었다. 나는 수줍어했고 오래 서성였다. 나는 망설이며 셔터를 눌렀다. 이 문장과 사진이 그 마음들이다.

다시 사진을 보고 있다. 우리는 서로를 연민하고 있고 우리는 서로를 사랑하고 있다. 쓰다듬으려 손을 내밀고 있다. 지금은 아무 상관없는 사이가 되었지만 그것이 아쉽지는 않다. 그 시간은 사라지지 않을테니까. 여전히 달콤하게 이 우주 속을 떠다니고 있을테니까.

당신은 끝까지 아름다울 것이고 나는 여행할 것이다. 아직 나에겐 많은 풍경이 남아있다.

밤의 공항에서

초판 1쇄 발행 2019년 5월 13일
초판 3쇄 발행 2020년 12월 31일

지은이 최갑수
펴낸이 안영숙
디자인 형태와내용사이

펴낸 곳 보다북스
등록 2019년 2월 15일 제406-2019-000013호
주소 경기도 파주시 경의로 1100 604호
전화 031-941-7031
팩스 031-624-7031
메일 bodabooks@naver.com
페이스북 facebook.com/bodabooks
인스타그램 bodabooks

ISBN 979-11-966792-0-0 03810